Joost Zwagerman
Duell
Novelle

**Aus dem Niederländischen
und mit einem Nachwort
von Gregor Seferens**

Weidle Verlag

Prolog

Verdammt, die Hand, die Faust! Jelmer Verhooff sah auf die zerrissene Leinwand und spürte, daß tief in seinem Inneren ein kleiner Knirps aufzustehen versuchte, der nach seiner Mutter rief. Nun ja, ein kleiner Knirps. Ein Junge. Ein großer Kerl. Ein großer Kerl von neun Jahren, der beim Schulschwimmen endlich den Kopfsprung gelernt hatte und am Ende dieser Schwimmstunde, während der letzten zehn Minuten des »freien Schwimmens« und vor den Augen all seiner Klassenkameraden, furchtlos auf das hohe Sprungbrett stieg. Fast sechs Meter hoch. Er wollte der ganzen Welt zeigen, wer er war.

Der große Kerl stieß sich mit den Fußballen ab – und von dem Moment an, als seine Füße vom Sprungbrett federten und er das Wasser auf sich zukommen sah, wußte er, daß er einen fürchterlichen Fehler gemacht hatte. Wie ein Versorgungssack, der aus nicht geringer Höhe aus einem Hubschrauber geworfen wird, fiel der große Kerl senkrecht in die Tiefe. Als er mit dem Bauch auf der Wasseroberfläche landete, brannte seine Haut sofort lichterloh. Sobald er unter Wasser war (immer noch brennend), sah und hörte er nichts mehr, und der große Kerl wünschte, er würde nie wieder auftauchen. Am Beckenrand stand natürlich die ganze Klasse, achtundzwanzig Schüler mit Stielaugen, die nicht wagten zu lachen – das taten sie erst später, im blau-weiß gefliesten Umkleideraum und im Bus zurück zur Schule, und dieses Lachen sollte das ganze Schuljahr anhalten, ein Tornado aus Gejohle und Gekicher.

Doch zuerst waren da die Hände, die er auf dem Rücken und in der Taille spürte. Wie sich zeigte, war der Bademeister ihm mit Kleidern und allem hinterhergesprungen und lotste ihn mit fester Hand zum Beckenrand. Prusten, husten, schlucken, heulen. Der große Kerl mußte auf dem Rücken liegen bleiben, auf den kalten Fliesen. Er wurde beklopft und befingert, der Bademeister in seinem durchweichten Shirt hielt die ganze Zeit mit einer Hand seinen Nacken.

Als er endlich aufstehen durfte und schwankend auf den Beinen stand, sah er, daß seine Lehrerin, die herbeigeeilt war, schreckensbleich auf seine Oberschenkel und den Bauch starrte. »Mensch, Junge ...« Frau Vreugdehil trug blaue Plastiktüten um ihre Schuhe, eine Art Bademütze für Füße.

Sein Bauch war knallrot. Vielleicht, dachte er, geht die Farbe nie wieder weg. Sein Gesicht brannte am stärksten. Die Lehrerin hatte sich über ihn gebeugt und streichelte ihm mit beiden Händen das Haar – auch das noch! Diese Geste war der Gnadenstoß; die Hände von Frau Vreugdehil waren die geschweiften Klammern um seine Erniedrigung.

In den Tagen nachdem seine Hand, halb zur Faust geballt, die Leinwand berührt hatte, mußte Verhooff des öfteren an jenen Nachmittag im Schwimmbad denken. Aber konnte man die beiden Situationen wirklich miteinander vergleichen? Was kostete Chlorwasser eigentlich? Hing ein Preisschild an all den Kubikmetern Wasser im Schwimmbad? Das Wasser hatte ihm Schmerz zugefügt, doch hatte er auch das Wasser beschädigt? Ach, was!

Über den Wert der zerrissenen Leinwand würde niemand Scherze machen. Der betrug – er hatte zur Sicherheit bei Olde Husink nachgefragt – schlappe dreißig Millionen Euro. Das war eine konservative Schätzung. Und dann die komische Figur, die er bei dem Ganzen gemacht hatte. Achtundzwanzig Klassenkameraden hörten, so kam es ihm vor, das ganze Schuljahr nicht auf zu lachen. Haha, da kommt der Ziegelstein Verhooff! Wenn herauskam, daß er eigenhändig *Untitled No. 18, 1962* beschädigt hatte, von wem würde er dann bis ans Ende aller Zeiten verspottet und ausgelacht werden? Er mußte Realist sein: von – und auch das war eine konservative Schätzung – der ganzen Weltbevölkerung.

Nein, das ist der Prolog

Amerikaner können das sehr gut: eine rhetorische Frage stellen und diese dann mit fast denselben Worten zustimmend beantworten.

Is Muhammad Ali the best boxer of all times? I'll say, Muhammad Ali is definitely the best boxer of all times!

In der Art.

Genau so sprach der Kurator des Museum of Modern Art in New York während eines Dinners mit vielen Kunstkollegen in Amsterdam über meine vorläufige Unterkunft. Der Kurator, ein hübscher, blonder Bursche mit Mittelscheitel und einem Schuppenhalbkreis auf dem dunkelblauen Blazer, kriegte sich nicht mehr ein über meinen, ja, Coup – denn das war es irgendwie.

Y'know, it's incredible when you think about it. Does Jelmer Verhooff have the most sensational loft in Amsterdam? Well, in my opinion Mr Verhooff surely has the most sensational loft in Amsterdam!

Wie ich schon sagte: in der Art.

Seit es aus MoMA-Kreisen auf diese Weise in Worte gefaßt wurde, ist es offiziell und unwiderlegbar: Ich habe die spektakulärste Wohnung in Amsterdam.

Das darf man unter Niederländern selbstverständlich niemals so direkt sagen. Doch nach dem Blitzbesuch des amerikanischen Kurators (im Zusammenhang mit der Ausleihe eines Malewitsch aus unserer Sammlung) sage ich es dennoch weiterhin: Niemand in Amsterdam wohnt schöner als ich. Mein Wohnzimmer ist ein halber Museumssaal. Nur um einen Eindruck zu vermitteln.

Ehe bei anderen Neid auflodert, füge ich schnell hinzu, daß es »nur befristet« ist. Und wenn ich dann auch noch erwähne, daß ich nicht einmal über ein Badezimmer oder eine Dusche verfüge und in meiner spektakulären Unterkunft eigentlich nichts anderes bin als ein besserer Besetzungsverhinderer, ist jeder Wohnungsbrand aus Neid schnell gelöscht.

Trotz des phantastischen Gebäudes und der gigantischen Quadratmeterzahl muß man durchaus auch Abstriche machen. Die Räume lassen sich im Winter kaum heizen. Und kann man ein Minimum an häuslicher Atmosphäre in den Bürotrakten und dem kleinen Museumssaal im sogenannten Neuen Flügel schaffen, die jetzt mein Wohn-, Arbeits-, Eß- und Schlafzimmer bilden? Gut, ich habe Ausblick auf den Museumplein, doch tagsüber gehen auf dieser Grünfläche allerlei freudlose Figuren mit ihren Hunden Gassi – daher ist dieser über das übliche Maß hinausgewachsene Rasen natürlich ein einziger Scheißhaufen –, und am Wochenende bevölkern Hobbyfußballer ihn, die ihre Grätschen auf einer Schicht aus breitgetretenem Hundekot machen und beim Schuß aufs Tor – mit zwei Kleiderhäufchen als provisorische Pfosten – einen hart gewordenen Bolusbrocken mit in die Luft treten. Abends und nachts gibt es kaum Beleuchtung, und die diagonale Linie, die einen streng geometrischen Lichtstreifen über das Gelände ziehen soll, ist immer kaputt, so daß von der anvisierten Grandezza eines von einer futuristischen Bodenbeleuchtung geschmückten Platzes nicht viel mehr übrigbleibt als eine zwielichtige Fläche, ein finsteres Vakuum zwischen dem Concertgebouw und dem Koninklijk Museum.

Währenddessen kann ich mein Glück kaum fassen. Ich bewohne einen Teil des ersten und zweiten Stockwerks im Neuen Flügel (der schon längst nicht mehr neu ist und demnächst abgerissen werden soll) des Hollands Museums, und mit dieser Heldentat in der Tasche ist der dreckige Rasen des Museumpleins eine Bagatelle. Auf der einen Seite habe ich Ausblick auf das geschäftige Treiben in der Van Baerlestraat; auf der anderen Seite erstreckt sich die weitläufige Fläche, und ich kann sozusagen dem Direktor des Koninklijk Museums ins Büro gucken, das, einen Steinwurf vom eigentlichen Museum entfernt, in einem imposanten Haus untergebracht ist. Kollege Henfling residiert dort. Zu meiner Zeit als Direktor der Kunstloods in Rotterdam hatte ich gelegentlich, etwa um die Ausleihe eines Hobbema zu besprechen, einen Termin bei ihm. An der Wand hinter seinem Schreibtisch hing ein Interieur von van der Helst, das man so hätte ausstellen können.

Ich kenne fast alle Direktionsbüros der niederländischen Museen für moderne Kunst. Man schaut überall ein paarmal im Jahr vorbei, um über die Planungen und zukünftigen Ausleihen zu sprechen. Wo ist der Aufenthalt am angenehmsten? Bei uns, am Museumplein. Im Van Effen Museum in Eindhoven liegen die Räume der Kuratoren und der Direktion zur Hälfte unterirdisch. Durch eine Reihe von Oberlichtern auf der Straßenseite fällt ein spärlicher Streifen Tageslicht ins Innere. Angestellte des Van Effen wußten zu berichten, daß Künstler der albernen Art oft durch die Oberlichter ins Direktionszimmer klettern, wenn sie einen Termin haben.

Im IJzinga in Maastricht befindet sich das Direktionszimmer im Erdgeschoß, und man muß erst um eine Ecke schauen, wenn man die Maas sehen will. Die Aussicht wird zum Teil durch eine schäbige Terrasse versperrt. Außerdem steht noch etwas Rauhes und Rostiges von Richard Serra ziemlich im Weg. Im Direktionszimmer des Krammer-Steinbach mitten in der Veluwe herrscht, wie zu erwarten, eine pastoral-arkadische Atmosphäre. Manchmal hoppeln Hasen am Fenster vorüber. Geräusche von außen beschränken sich auf die Rasenmäher der Gemeinde, die während der Sommermonate wöchentlich den Rasen stutzen. Natürlich übertrifft der Direktor des Hoofdstadmuseums in Den Haag all seine Kollegen. Die Architektur dieses Museums ist dergestalt, daß der Direktor dort auch tatsächlich residiert, in einem Zimmer, das selbst ein Kunstwerk ist. Doch keiner meiner Kollegen durfte oder konnte je in seinem Museum wohnen.

Konservatoren und Direktion des Hollands Museums sind für die Zeit des Umbaus in den Büros im westlichen Hafengebiet untergebracht, in einer alten Zigarettenfabrik, wo sich auch die Depots befinden. Ich pendle am Morgen vom Herzen der Stadt in die Peripherie und abends wieder zurück.

In den ersten Monaten besuchten mich Politiker, CEOs, Medienleute, Schriftsteller und Künstler, die sich meine Wohnung von innen ansehen wollten. Manche sprachen davon, daß sie »dabeisein« wollten; als erwarteten sie ein Event. Die meisten hatten sich an den drei Büroräumen, in denen ich mich eingerichtet hatte, rasch sattgesehen – die Museumssäle selbst ließ ich »unbewohnt«. Niemand hatte ein Auge für den Konferenztisch, den Donald Judd für das Hollands gemacht hatte. Heute sage ich meinen Gästen manchmal, daß sie sich gerade mit den Ellenbogen auf einem echten Judd abstützen, der anderthalb Millionen wert ist. Wohlmeinende streicheln dann pflichtbewußt mit der Hand über die Tischplatte, doch die meisten Besucher pressen ganz unwillkürlich den Rücken gegen die Stuhllehne, aus Verärgerung ein wenig zurückweichend. Man sieht ihnen an, was sie denken: Treib es nicht zu bunt, du blutjunger Direktor. Eine Studentengruppe von der Kundstakademie machte große Augen. Die jungen Leute starrten die Tischplatte an, als würde sich Donald Judd persönlich jeden Moment daraus erheben. Sie nahmen, bereits am

Tisch sitzend, Haltung an. Ich machte mit ihnen eine extralange Führung.

Für die meisten Gäste ist es vor allem ein Erlebnis, durch die leeren Säle zu streifen. Manche waren dutzendmal dort und haben sich Ausstellungen angesehen, und jetzt, da alle Säle leer sind, schwebt für sie pure Magie durch das Gebäude. Unbewohnt und ungenutzt – leere Räume regen immer die Phantasie an, nicht nur die von Kindern. In jedem Mann steckt ein ungezogener Junge. Sogar wenn sie schon beinahe sechzig sind, müssen sie etwas in den Saal hineinrufen. »E-chooo!« Das leere Gebäude verschafft jedem das – wie soll ich es nennen? – Nachts-im-Museum-Gefühl, allerdings ohne die Kunstwerke, die nach Sonnenuntergang zum Leben erwachen. Man kann nicht alles haben.

Praktische Details finden die Leute weniger spannend. Leer oder nicht, die Säle müssen mit Blick auf den bevorstehenden Umbau saubergehalten werden. Die Reinigungsfirma arbeitet daher einfach weiter. Ich darf nicht den Eindruck entstehen lassen, eine Putzfrau zu haben, die für fünftausend Euro im Monat den Laden sauber hält, denn das riecht nach Verschwendung und Bevorzugung. Und über die Heizkosten schweige ich lieber ganz. Das sind Beträge, die auch mir für einen Moment die Sprache verschlagen haben. Dennoch habe ich während der Wintermonate ordentlich gefroren. An manchen Januarabenden, wenn der Museumplein am dunkelsten ist, hockte ich zitternd unter drei Decken auf meinem Chesterfield, und es kostete mich keine allzu große Mühe, mich in den sprichwörtlichen Künstler in seinem Mansardenzimmer hineinzuversetzen. Doch auch in solchen Momenten vergesse ich nicht, daß mein Aufenthalt hier befristet ist.

Meine Wohnung wird zu einem der beeindruckendsten Museen Europas umgebaut werden. Das ist ein Satz wie aus einem Knabentraum. Zweimal habe ich mit meinen beiden Söhnen Inliner angezogen. Wie Königskinder sind wir durch die Säle geflitzt. Der erste Saal oben an der Treppe bot das größte Spektakel. Sonnenlicht fiel durch die großen Dachfenster. Hier und da hinterließen wir Streifen auf dem alten Parkett. Das war nicht weiter schlimm – nichts ist noch schlimm, weil alles gut war so. Zwei Jungen und ein Mann, die eine zermürbende Leere bezwangen. In einem der Säle hatten wir ein provisorisches Ziel eingerichtet, mit einem alten Fußballwimpel und drei zusammengeknoteten Gürteln von alten Bademänteln. Alle drei schafften wir es bis zum Ziel. Der Stadtlärm von draußen war wie ein Applaus aus der Ferne, hin und wieder begleitet vom Klingeln einer Straßenbahn, die durch die Paulus Potterstraat fuhr. Ein kunstliebendes Publikum hätte unsere Runden auf Inlinern vermutlich für eine Art von Performance gehalten. Doch dieses Publikum gab es nicht, und meine Söhne drehten noch eine Runde, während ich beschloß, das Ziel zu bemannen, dem dumpfen Poltern der Inlineskates auf dem Eichenparkett lauschend. Mit dem Poltern stanzten sie pures Glück in all die leeren Säle. Später, als ich wieder allein war, ging ich die Skatestrecke ab. Es war, als hätte sich Amsterdam in eine jahrhundertealte, riesige Eiche verwandelt, und in ihrem Wipfel, hinter Laub verborgen, gab es ein Baumhaus, Hollands Museum genannt. Laut zählte ich meine

Schritte. Ich kam auf über zweihundert. Das waren natürlich nicht nur meine Schritte. Das waren meine Segnungen.

1

Selbst mit Vierzig wurde Jelmer Verhooff von Kollegen und Medien noch als »jung« bezeichnet. Wie schafft man es, bereits in diesem Alter Direktor des wichtigsten Museums für moderne Kunst in den Niederlanden zu werden? Die Worte eines Mannes bildeten die Grundlage für seine Karriere. Verhooff hätte nie zur modernen Kunst gefunden, wenn er nicht während seines Studiums einen Vortrag des amerikanischen Kunsthistorikers Bernard Shorto besucht hätte, der den Titel *The End Of Arts As We Know It* trug. Trotz des Titels war es ein vitales und optimistisches Referat über Kunst und Wirklichkeit mit dem Tenor, daß »alles« Kunst sein konnte, nun da die Künstler sich dank dieser Idee aus dem Reich von Atelier und Werkstatt befreit hatten. Künstler waren »Ausdenker« geworden, und das war laut Shorto keine Verarmung, sondern ein Gewinn. Für die Künstler. Und für uns, für diejenigen, die Kunst betrachteten oder besser gesagt: erfuhren.

Nicht nur der Vortrag brachte Verhooff zur bildenden Kunst. Am Rednerpult stand kein grübelnder Kulturpessimist in einem hippen schwarzen Anzug, sondern ein munterer Herr in einem schlabbrigen Holzfällerhemd. Er war nahezu kahl und hatte einen dichten, wolligen Bart. Er sah noch am ehesten aus wie ein dauerbegeisterter Teilnehmer an Volkswandertagen. Shorto erwies sich als Liebhaber von allem, was in der

Kunst auf den ersten Blick verrückt und exzentrisch wirkte, das sich aber, von seinem Standpunkt aus betrachtet, als eine Feier von Freiheit, Kreativität und Eigensinnigkeit entpuppte. Wer sein Leben dem Nachdenken und Schreiben über Kunst widmete und dabei so gutgelaunt und tatendurstig blieb, der war bestens gerüstet, um als Vorbildfigur zu dienen.

Was sagte Shorto sonst noch? Weil Kunst sich immer mehr ihrer eigenen Künstlichkeit bewußt geworden und zugleich der Unterschied zwischen Kunst und Wirklichkeit durch Andy Warhols Beschluß, daß ein bestimmter Gegenstand, die Brillo Box, Kunst ist, aufgehoben worden war, war eine zuvor nicht dagewesene Freiheit entstanden: Das »Ende« der Kunst bedeutete de facto einen Beginn, der ungeahnte Perspektiven bot. Verhooff hörte atemlos zu, beteiligte sich anschließend an hitzigen Diskussionen in Kneipen und in Studentenbuden, sagte so gerade eben noch nicht »Halleluja«, hängte aber dennoch sein Studium an den Nagel und eröffnete im Hinterzimmer seiner kleinen Wohnung in Amsterdam-West eine, nun ja, »Galerie«.

Weil Verhooff in Kunstakademien und Galerien in der Provinz forsche Talente ausgrub, zog sein Unternehmen – die neunziger Jahre hatten gerade begonnen – aufgrund des großen Erfolgs sehr bald in eine ehemalige Steindruckerei im Herzen der Stadt. Von dort katapultierte er, obwohl die Kunstbranche sich in einer vorübergehenden Baisse befand, spektakuläre Arbeiten junger Künstler in die Welt.

Nicht nur Künstler aus seinem Stall wurden Stars, Jelmer Verhooff selbst wurde auch einer. Er bekam

Einladungen aus dem Ausland, um dort Ausstellungen zu organisieren. Seine Amsterdamer Galerie blieb das Hauptquartier und entwickelte sich zu einem Exporthafen für Ausstellungen und Museen in ganz Europa. Und bei jeder Aktivität, die er entfaltete, betonte die in- und ausländische Presse sein Alter. Kaum Anfang Dreißig und schon ein halber Kunstpapst.

Ende der neunziger Jahre eröffnete Verhooff in Düsseldorf eine Dépendance. Eine Zeitlang hielt er sich mehr in Deutschland als in den Niederlanden auf, und er kehrte erst in die Niederlande zurück, nachdem er seine Galerien an Gefährten der ersten Stunde übergeben hatte, weil ihm die Direktion der Kunstloods in Rotterdam angeboten worden war.

So wurde Verhooff lange vor seinem vierzigsten Geburtstag Museumsdirektor in der zweitwichtigsten Museumsstadt des Landes, und fünf Jahre nach seiner Ernennung war der Stadtrat von Amsterdam sich nahezu märchenhaft darüber einig, wer der Direktor des Hollands Museums werden sollte: Jelmer Verhooff, Sonntagskind und Teufelskerl, Schlüsselfigur des Kunstbetriebs, Botschafter der neuen niederländischen Kunst, unermüdlicher Organisator und vor allem jemand, der die Kunst des Bewunderns tadellos beherrschte, ohne jemals in Schwärmerei oder Populismus zu verfallen. Er bekam zunächst einmal einen mehrjährigen Vertrag.

Als er ein knappes Jahr als Direktor des Hollands Museums amtierte, mußte er zwei Rückschläge hinnehmen. Der erste war, daß seine Ehe explodierte. So wie in Actionfilmen der Held manchmal ruft, alle sollten in Deckung gehen, weil etwas, meistens ein Auto, zu explodieren droht, so rief auch eines Tages seine Frau bei einem Ehestreit, er, Verhooff, solle in Deckung gehen. Nach dem darauffolgenden Wutausbruch kam er vorsichtig wieder aus seinem Unterstand, um verdattert auf die Trümmer seiner Ehe zu starren. Er solle sich eine andere Wohnung suchen, sagte seine Frau. Sie werde die Kinder behalten, fügte sie hinzu.

Das war der kleine Rückschlag. Niemals ist eine Frau, so besagt das Klischee, ein bißchen schwanger, doch Legionen von Männern sind ein bißchen verheiratet. Verhooff war noch weniger als das gewesen. Dennoch mußte seine Ehe auf offiziellem Weg geschieden werden. Dabei kam es zu allerlei kostspieligen Streitereien zwischen Anwälten und Mediatoren. Doch als er schließlich geschieden war, änderte sich nicht sonderlich viel, da seine Ehe immer nur an der Peripherie seines Lebens geköchelt hatte.

Verhooff vermißte seine Söhne, das schon. Während der seltenen Momente des Selbstmitleids bejammerte er sich, weil er sie kaum sah. Doch diesen Verlust wog er auf gegen die Erleichterung darüber, daß seine Frau ihrer Ehe den Sprengstoffgürtel umgeschnallt hatte. Nach der Beseitigung des durch die Scheidung angerichteten Chaos erstreckte sich vor ihm eine inspirierende Landschaft, ein verschönertes Lebens- und Arbeitsterrain. Er wurde ein typischer Weihnachts- und Geburtstagsvater. Die Jungen, die würden sich schon melden, wenn sie ein wenig älter waren. Das würde schon wieder werden.

Der zweite, viel größere Rückschlag ereilte ihn, nachdem die Amsterdamer Feuerwehr routinemäßig den Zustand seines Museums untersucht hatte. Das zum Teil veraltete Gebäude erwies sich als derart brandgefährdet, daß es unverantwortlich war, weiterhin Besucher in das Museum zu lassen. Das Gebäude war nicht sicher für das Publikum, die Angestellten und für die vielen Hundert Kunstwerke. Das Hollands Museum bekam von der Stadt Amsterdam sechs Monate Zeit, die Pforten zu schließen. Es mußte ein Um- und Neubauplan erarbeitet werden.

In den Medien setzte sich die Gerüchtemaschinerie in Gang. Zum ersten Mal machte Verhooff Bekanntschaft mit dem Phänomen Reputationsschaden. Hatte die Stadt Jelmer Verhooff mit Absicht angestellt, in dem Wissen, daß er in absehbarer Zeit ein Direktor ohne Museum sein würde? War er ein Zwischenpapst? Durfte man einem Schwergewicht so etwas denn antun? War Verhooff dann nicht, mutatis mutandis, ein Leichtgewicht, ein aufs Glatteis geführter Kraftmeier?

An die einige Jahre dauernde Schließung knüpfte die Stadt Amsterdam ehrgeizige Pläne, das Museum mit einem teilweisen Neubau zu erweitern. Für die sechs Monate, die das Hollands noch geöffnet sein würde, organisierte Verhooff im Eiltempo eine letzte Ausstellung, die zunächst *Reactions* heißen sollte. Zwanzig junge niederländische Künstler, die nicht älter als Dreißig sein durften, sollten in einen »Dialog« mit einem klassisch-modernen Meisterwerk aus der Sammlung des Museums treten. Jemand aus dem Mitarbeiterteam wandte gegen diese Beschränkung ein, daß man so eine Reihe von »Cracks« der Generation um die Fünfzig ausschließe: Walter van Raamsdonck, Massimo Groen, Theo Eckhardt. Seien diese Namen nicht untrennbar mit dem Hollands Museum verbunden, und sei es auch nur wegen der inzwischen legendären Ausstellung *The Amsterdam Dream* Ende der achtziger Jahre? Das Plädoyer für die *midcareer artists* führte zu nichts. Diese Künstler waren mittlerweile bereits zu arriviert, und ein Abschied mit diesen Altgedienten würde nicht zum Ruf des Museums beitragen, ein dynamisches Kunstlaboratorium zu sein.

Der Titel *Reactions* verschwand ebenso vom Tisch wie der Zusatz »Künstler im Dialog«. Das klang zu wenig deskriptiv und zu altmodisch. Wer den Vorschlag gemacht hatte, wußte Verhooff später nicht mehr, aber die Ausstellung hieß am Ende: *Duel*. Dazu als Appetitmacher: *Dutch Artists Challenged by Modern Masters.* So suggerierte man Kräftemessen, Reibung und, möglicherweise, Kontroverse.

Mit seinen Kuratoren stellte Verhooff die Liste der jungen Künstler zusammen. Darunter relativ viele Photographen und, wie Verhooff sie gelegentlich scherzhaft-spöttisch nannte, »Installateure«. Alle wurden gebeten, einen Klassiker aus den Museumsbeständen auszuwählen. Es zeigte sich, daß Verhooff, obwohl die Außenwelt ihm die Amtskette der ewigen Jugend umgehängt hatte, nicht im Detail darüber informiert war, was die jüngste Künstlergeneration so alles machte. Er mußte wiederholt von seinen Mitarbeitern auf den neuesten Stand gebracht werden. Trotzdem war die Liste recht schnell erstellt. Nur der ein oder andere Kandidat war umstritten.

Als jemand den Namen Emma Duiker nannte, brach kultivierter Tumult aus. Die Hälfte des Mitarbeiterstabs fand ihre Serie *Doppelgänger* spannend und kontrovers. Die andere Hälfte bezeichnete ihr Werk als ein Gimmick, als eine Masche, auf der sie schon seit Jahren herumritt. Ein überschätztes Ding sei sie, das in einem fort ihr Image als bezauberndes Mädchen geschickt ausspielte. Hätte ein fünfzigjähriger Mann ihre Werke geschaffen, kein Hahn hätte danach gekräht.

Verhooff hielt sich raus – er hatte noch nie von Emma Duiker gehört. Er erfuhr, daß sie Gemälde zeitgenössischer Meister bis ins kleinste Detail kopierte, immer mit Zustimmung der betreffenden Künstler, die ihr manchmal sogar mit Informationen zu praktischen Dingen wie Farbsorten, Farbschichten, Impasto, Pigmenten, Bespannung halfen. Mitunter arbeitete Emma Duiker überdies mit Röntgen- und Mikroskopieuntersuchungen, die Restauratoren durchgeführt hatten. Sie hatte sogenannte *Doubles* von Arbeiten von Sigmar Polke, Gerhard Richter, Jörg Immendorff, Cy Twombly und anderen weltberühmten Malern gemacht. Die künstlerische Intention war keine postmoderne Spielerei und kein Fälschungsscherz, sondern es ging um die Offenlegung der Entstehungsgeschichte eines Kunstwerks, so Emma Duikers eigene Charakterisierung. In einer Vitrine, die gleich neben dem jeweiligen nachgemachten Kunstwerk stand, zeigte Duiker allerlei Dokumente – Briefe, Restaurierungsberichte – und sogar die benutzten Pinsel, Farbtuben und Pigmente. Diese Präsentation unterstrich noch einmal, daß sie nicht aus Sensationslust kopierte, sondern aus

Faszination für Quellenforschung, für die handwerklichen, technischen und prosaischen Aspekte der zeitgenössischen Meisterwerke. Verhooff verstand die Kontroverse über ihr Werk nicht so recht. In seinen Augen strahlte all das eine beinah rührende Gründlichkeit aus, der man in der aktuellen Kunst nur noch selten begegnete. Aber vielleicht waren ja Gediegenheit und Gründlichkeit heute Anlaß für eine Kontroverse.

Doch einer der Kuratoren äußerte sich höhnisch über ihre Absichten: »Das Mädel bemüht sogar Bernard Shorto. Wie sagte sie doch neulich in einem Interview? ›Wenn die Kunst wirklich grenzenlose Freiheit genießt, warum ist die Spitzenkunst dann verbotenes Terrain, und warum dürfen wir dann nur variieren, zitieren, aneignen, aber nicht kopieren? Warum dürfen wir den Ursprung und die Entstehung zeitgenössischer Kunstwerke nicht erforschen und thematisieren?‹ Oder so ähnlich. Große Worte, um ein sehr kleines Statement zu machen.«

Der Hinweis auf Bernard Shorto nahm Verhooff blind für sie ein. »Kann ich ein paar ihrer Arbeiten sehen?« fragte er. Man reichte ihm einige Ausdrucke mit Abbildungen ihrer Gemälde, eine Kunstzeitschrift und einen Laptop. Verhooff warf einen Blick auf Papier und Bildschirm, sah ein schaurig perfektes Werk von Gerhard Richter und ein ebensolches von Sigmar Polke. Vor den Bildern standen tatsächlich Vitrinen mit Dokumenten. Verhooff war unschlüssig, was er von der Kopierlust Emma Duikers halten sollte – und das gefiel ihm auf Anhieb. Auch die Zustimmung der »Kopierten« fachte sein Interesse an. Er fand es eine erstaunliche Lei-

21

stung, als junger niederländischer Künstler überhaupt ins Gespräch mit diesen Größen zu kommen. Betrachtete man Emma Duikers Werk mit einem wohlwollenden Blick, dann sah man eine unzeitgemäße Liebe zum Handwerk. Am Rande seines durch Tausende von Objekten geschulten Kunstverstandes machte sich tatsächlich so etwas wie Rührung bemerkbar. Kopieren, wie sie es tat, mit Hinzufügung aller Informationen über Materialien und Technik, deutete auf ein unvermutetes, an Selbstaufopferung grenzendes Fehlen eines Egos, das in der aktuellen Kunst einmalig war.

In der Kunstzeitschrift war ein Foto von Emma Duiker. Er sah ein Mädchen von Ende Zwanzig. Das konnte man so sagen, in Anbetracht der Tatsache, daß es heutzutage auch Mädchen in den Mittdreißigern gab. Dieses Mädchen hatte lange schwarze Haare, die gelockt waren. Aber man konnte sehen, daß Emma Duiker es nicht mochte, photographiert zu werden. Mit einem Anflug von Verärgerung schaute sie in die Linse, als hätte der Photograph sie kurz zuvor mit einem unangenehmen Dilemma konfrontiert.

Verhooff schob Laptop und Kunstzeitschrift über den Tisch zurück und sagte: »Tja, im Nachmachen ist sie verdammt gut, muß ich sagen. Was mich angeht, so kommt sie auf die Liste. Wenn wir uneins sind, dann ist das Publikum es später auch. Mit ohrenbetäubendem Konsens ist keinem gedient.«

Das Hollands Museum verwandelte sich während der Wochen vor der Eröffnung von *Duel* in eine Brutstätte, um dieses politisch aufgeladene Wort zu verwenden. Restaurant, Buchhandlung und Bibliothek wurden geräumt, sämtliche Kunst verschwand aus dem Gebäude, und die zwanzig *Young Turks* belegten die leeren Säle zunehmend mit Beschlag. Der Malerei widmete sich kaum noch jemand von ihnen. Allerdings bearbeiteten sie in den verschiedenen Sälen Teile der Wände und manchmal auch die Decke (das war wegen der sowieso bevorstehenden Renovierung möglich und erlaubt), sie pflanzten Flaggen aufs Dach und machten Fenster blind (im Rahmen einer »Konfrontation« mit einem kleinen, bunten Werk von Wassily Kandinsky). Zusammen mit ihren Assistenten schleppten sie allerlei Dinge ins Museum, die noch am ehesten an verwahrlosten Hausrat erinnerten. Verhooff sagte schon mal zu seinen Mitarbeitern: »Viele junge Künstler sind Installateure, die installierende Installationen installieren.« Er fühlte sich jedesmal verpflichtet hinzuzufügen, er meine dies nicht ironisch, was aber niemand glaubte; er selbst auch nicht.

Ein wenig heimatlos ging Verhooff in jenen Wochen durch die Museumssäle. Er sah in den Aktivitäten der jungen Garde allerhand Vorurteile gegen die zeitgenössische Kunst bestätigt. Seit dem Verschwinden der Trennwände zwischen, argh!, Objekt und Konzept konnte »alles« Kunst sein, da gab Verhooff Bernard Shorto immer noch recht – aber das bedeutete natürlich nicht, daß alles auch unbedingt Kunst *war* ... Angesichts der zersägten Baumstämme, der vollgekleckersten Bettlaken, der Käfige mit lebenden Vögeln und der Jutesäcke mit Kies, die sich jetzt in den Räumen verteilten, waren die auserkorenen Jungspunde anderer Ansicht. Die juvenilen Himmelsstürmer ähnelten während ihrer vorbereitenden Aktivitäten abwechselnd Möbelpackern, Tierpflegern, Bauarbeitern, Varietékünstlern, Zimmerleuten, Marktschreiern und Marketingfritzen – mit Kunst brachte man das nicht direkt in Verbindung.

Von den zwanzig Auserwählten hatte nur Emma Duiker sich nicht im Museum gemeldet. Statt dessen fand man sie täglich im Museumsdepot im westlichen Hafengebiet. Dort, in einer der Restaurierungswerkstätten, arbeitete sie in einem weißen Kittel an einer Kopie des klassisch-modernen Meisterwerks, das sie ausgesucht hatte, *Untitled No. 18, 1962* von Mark Rothko. Das machte sie mit einer Engelsgeduld und Hingabe, die an den stillen Fleiß der Museumsrestauratoren erinnerte. Extra für sie hatte man Rothkos Meisterwerk aus dem Lagerregal des Depots geholt. Der Transport eines so wertvollen Werks vom Depot in die Restaurierungswerkstatt war eine Operation, die Präzision und äußerste Sorgfalt erforderte. Die Abteilung Konservierung und Erhalt hatte die Zahl der »Bewegungsmomente« von *Untitled No. 18* in einem Bericht festgehalten, und erst danach durfte Rothkos Werk ins Atelier gebracht werden.

Untitled No. 18 war kleiner als die Gemälde, die Rothko in der Regel gemalt hatte. Meistens maßen seine Werke aus den frühen sechziger Jahren rund zwei mal drei Meter. Doch bei *Untitled No. 18* betrugen sowohl Breite wie Höhe weniger als einen Meter. Ansonsten war es in jeder Hinsicht ein typischer Rothko. Zwei Farbflächen, blau und dunkelrot, wurden umrahmt von einem ruhig aufglühenden Gelb – es waren die Mondrianfarben, doch Rothkos Bild fehlte Mondrians klare Strenge. Das Rot und das Blau schienen wie eine Landschaft in glühender Hitze zu flimmern – doch betrachtete man das Bild aus einem minimal anderen Blickwinkel, dann ergossen sich die beiden Farben über den Betrachter wie das kälteste Wasser, das man sich vorstellen kann. Verhooff wurde davon manchmal wie ein kunstbeflissenes Mädchen überrumpelt: Das waren nicht nur Farben – das waren die Elemente. Farbe als Wasser und Feuer, Farbe als aufglühende Erde und leise säuselnde Luft. Doch auch Farbe als theatralisches Drama, Farbe als heitere Erzählung, Farben, die, wie Rothko selbst es umschrieben hatte, »atmeten«. Dieser Effekt wurde erreicht, indem er mit größter Vorsicht möglichst dünne Farbschichten auf die Leinwand auftrug, mit Schwämmchen, mit Fingerspitzen, mit Tüchlein, mit einem Pinsel, der die Leinwand zu streicheln vermochte wie eine Mädchenhand eine Jungenwange.

Wer diese praktisch nicht kopierbaren Kunstwerke von Rothko dennoch nachmachen wollte, mußte wie ein Restaurator Archäologie auf der Leinwand betreiben, mußte alle Farbschichten erforschen, indem er Proben nahm oder Infrarotstrahlung verwendete, um die Schichten unter den Schichten offenzulegen. So ging Emma Duiker auch vor, auf den ersten Blick wie eine Kopistin, doch sie selbst empfand sich mehr als eine reproduzierende Künstlerin. Das sagte sie zumindest zu Verhooff, als er sie einmal besuchte. Der »Komponist« Rothko könne auf unterschiedliche Weise gespielt werden, und sie versuche aus ihrer Darstellung von

Untitled No. 18 mehr als eine normale »Aufführung« zu machen; sie unternehme den Versuch, die Seele des Machers offenzulegen.

Während der Monate der Vorbereitung von *Duel* verfolgte Verhooff getreu Emmas Fortschritte. Ihr lockiges schwarzes Haar trug sie hochgesteckt, und in ihrem weißen Kittel erinnerte sie an eine emsige Apothekenhelferin. Emma Duiker brauchte relativ wenig Zeit, um die Kopie zu vollenden. Manchmal hatte sie zwei Assistenten dabei, die sie »ihre Jungs« nannte. Die beiden waren Studenten der Kunstakademie, die sich endlos mit den handwerklichen Aspekten der »Darstellung« beschäftigten, speziell mit der Analyse von Infrarotaufnahmen des originalen *Untitled No. 18* und mit dem Mischen von Pigmenten.

Doch an anderen Tagen machten ihre Jungs, ebenso endlos, nichts anderes, als sie zu filmen. Emma saß auf einem runden Hocker mit drehbarem Sitz. Emma schaute. Emma saß. Emma las. Emma schaute. Emma saß. Emma las. Wie eine Schauspielerin, die engagiert worden war, eine handwerklich arbeitende Künstlerin zu spielen.

Doch Verhooff wußte es besser. Während im Hollands Museum neunzehn Rüpel mit grobem Geschütz die Säle eroberten, war in den Depots ein Mönch bei der Arbeit, eine hingebungsvolle Kopistin, die aus einer Welt, in der es noch keine mechanische Reproduktion gab, in unsere Zeit katapultiert worden war. Das war nicht übertrieben romantisch ausgedrückt. Das Resultat machte Verhooff vollkommen sprachlos. Einen Moment lang hatte er Angst, eine solche Kopie könne das

Original von Rothko entweihen. Dem war aber nicht so. Emma Duiker hatte *Untitled No. 18* weniger kopiert als vielmehr *erweitert*. Auf unerwartete Weise empfand er dies als tröstlich.

Nach der feierlichen und mehr als gut besuchten Eröffnung von *Duel* dominierten in den Besprechungen nicht die Krachmacher und Aufmerksamkeitserreger, sondern die einzige Person, die noch altmodisch *gemalt* hatte. Ein Kritiker zog, wie Emma selbst, den Vergleich mit einem reproduzierenden Künstler: »So wie die Wundergeigerin Hilary Hahn beim Spielen von Bachs *Chaconne* mit scheinbarer Leichtigkeit den Eindruck erweckt, in die Seele des Komponisten hinabsteigen zu können, so gelangt Emma Duiker in das Innere des so gequälten Mark Rothko, dessen Werk sie nicht fälscht sondern aufführt.« Gerade durch diese Aufführung, so der Kritiker, gelinge es Emma Duiker, einen Hauch der Sublimität eines der anmutigsten, fragilsten Werke Rothkos sichtbar zu machen. Und diese Leistung sei für sich ebenso sublim. Der Artikel erschien zwei Wochen nach der feierlichen Eröffnung. Nach einigem Zögern beschloß Verhooff, sie anzurufen. Das Gespräch verlief schleppend. »Ich weiß nicht recht, was ich sagen soll«, sagte Emma Duiker, und umgekehrt wußte Verhooff dies nach seiner Gratulation auch nicht.

Das Publikum schenkte Emma Duikers Seelenanalyse kaum Beachtung. Ein kurzer Blick war bereits eine ziemliche Anstrengung für den durchschnittlichen Besucher, dem die großen Gesten in den anderen Sälen des Museums viel mehr imponierten. Denn, ja, nur wenige Schritte weiter waren ganze Säle verdunkelt, und in einem anderen Raum pusteten lärmende Turbinen große blaue Tücher an. Mitten zwischen diesen Tüchern hing – ein wenig verloren, wie Verhooff fand – ein ebenfalls blaues Werk von Yves Klein aus der Schatzkammer des Hollands Museums. Im nächsten Saal war die gute alte Maschine von Jean Tinguely, die sich seit Jahren in der Sammlung des Museums befand, in eine noch größere Maschine aus Stahlplatten und Metallkonstruktionen eingebaut, die noch mehr Lärm machte. An anderer Stelle im Museum blitzten Laserstrahlen oder dröhnten Paukenschläge, die von Lautsprechern verstärkt wurden. Im Hollands Museum gab es kurzum einen Rummel, und das Publikum war nun einmal lieber auf dem Rummelplatz als in einer Klosterzelle. Fast alle gingen an dem eineiigen Zwilling *Untitled No. 18* vorüber, der ohne Tröten und Tschingderassabum an der Wand hing.

International erwies *Duel* sich nicht als Blockbuster. Die Ausstellung lockte nur wenige Touristen an, und nicht eine einzige Zeitung von jenseits der Grenze hatte einen Reporter nach Amsterdam geschickt. Doch die Niederländer, und vor allem die Amsterdamer, nahmen massenhaft vorläufig Abschied von ihrem Hollands Museum. Weil das Gebäude ansonsten leer stand, strahlte *Duel* eine Atmosphäre widerspenstigen Durcheinanders aus. Sehr bald schon verbreitete sich in der Stadt das Gerücht, das Museum werde nach der Schließung natürlich nicht schließen; das Gebäude müsse besetzt werden, so daß darin vorläufig Ateliers eingerichtet werden konnten. Als dieses Gerücht Verhooff erreichte, brachte es ihn auf die Idee, mit der er es bis in die internationale Presse bringen sollte. Eine Woche bevor die Ausstellung endete, gab das Hollands Museum per Pressemitteilung bekannt, daß der Direktor persönlich für unbestimmte Zeit in das leerstehende Museum einziehen würde, zum Schutz vor Besetzern.

Das Ende von *Duel* bedeutete, daß die allerletzten Kunstwerke das Museum verließen. Der Exodus entwickelte sich, ganz im Geiste der Ausstellung, zu einem fröhlichen Chaos. Für die zwanzig Klassiker aus den Museumsbeständen fuhren klimatisierte Lastwagen von Kunstspediteuren vor. Mitarbeiter der Abteilung Versand verpackten die Werke gemäß den Richtlinien für Kunsttransporte. Die Werke der Meister verschwanden in blauen Klimakisten oder teuren Turtleboxen. Gleichzeitig brachen die jungen Künstler und ihre Helfer die Installationen ab. Allerlei Material wurde ohne viel Aufhebens in Lieferwagen, auf gemietete Pickups oder sogar, o ewige Romantik, auf Lastenfahrräder geladen. Insgesamt tummelten sich rund einhundert Menschen im Museum, das kurz vor der Schließung stand.

Zwei Tage nach dem Abbruch von *Duel* hielt ein kleiner Umzugswagen am Seiteneingang des Hollands Museums in der Van Baerlestraat. Vier Möbelpacker trugen Verhooffs Sachen hinein. Verhooff hatte sich zwei Tage Urlaub genommen. Das Angebot von Freunden, beim Auspacken zu helfen, hatte er ausgeschlagen. Mutterseelenallein stellte Verhooff in den Büroräumen des Hollands seine Sachen auf und streifte immer wieder mal durch die leeren Säle des Museums, wie ein verträumter Knirps – ein großer Kerl – durch einen aufgelassenen Vergnügungspark.

Bedeutete der Erfolg von *Duel* und die vorläufige Schließung des Museums, daß eine Geschichte beendet wurde? So verhielt es sich nicht, da war Verhooff sich sicher. *Duel* bildete nur den Auftakt zu dem, was noch kommen würde: der Neubau, die Vergrößerung und die zweifellos grandiose Wiedereröffnung, die Wiedergeburt des Gebäudes, der Sammlung, der Reputation. Verhooff ging davon aus, daß auf seine erste Amtszeit unweigerlich eine zweite folgen würde. Gleich nach der Bekanntgabe der erzwungenen Schließung hatte die Stadt Amsterdam fünf international bekannte Architekten eingeladen, einen Entwurf für den Neubau des Hollands Museums einzureichen. Verhooff war bei der Auswahl eines Entwurfs sowie der Diskussion der Details von Um- und Neubau beteiligt gewesen.

Für die Öffentlichkeit würden das Hollands und er selbst für eine Weile in den Hintergrund treten, doch tatsächlich sollte die Geschichte seiner Museumsleitung erst noch beginnen.

2

Knapp acht Monate nach *Duel* erhielt Verhooff ein E-Mail von Olde Husink, in der dieser um ein Gespräch bat, noch am selben Tag. Verhooff saß in seinem improvisierten Direktionszimmer, das sich nun in den Depots im westlichen Hafengebiet befand, am Schreibtisch. Mechanisch beantwortete er die Mail. Olde Husink war einer der fünf festangestellten Restauratoren des Museums. Er war der älteste und hatte unter vier Direktoren gearbeitet. Als Verhooff seine Galerie eröffnete, blickte Olde Husink bereits auf fünfzehn Berufsjahre zurück, in denen Werke der Großen des zwanzigsten Jahrhunderts, Picasso, Braque, Matisse, durch seine Hände gegangen waren. An allen Spitzenwerken des Hollands Museums hatte Olde Husink schon einmal etwas mit dem Pinsel repariert. Doch nie hatte er etwas neu angeordnet, neu arrangiert oder neu geschaffen, und das machte ihn zu einem *lone wolf* inmitten seiner jüngeren Kollegen, die immer öfter mit Installationen konfrontiert wurden, bei denen eine Neonröhre kaputtgegangen war oder irgendein Antriebsmechanismus den Geist aufgegeben hatte, und die dann ein solches Teil im Handumdrehen ersetzten.

Karriere hatte er nie gemacht. Ohne daß ihn dies zu bedrücken schien, übte Herman Olde Husink, inzwischen Ende Fünfzig, das edle Handwerk im Restauratorenteam aus. Verhooff sah die Leute aus der Abteilung Konservierung und Erhalt selten. Über sein Postfach oder per E-Mail schickten die Restauratoren ihm Memos oder Berichte über beschädigte, verstaubte oder frisch restaurierte Werke aus den Beständen. Das Restauratorenteam war eine Art Insel innerhalb des Museums.

Nur Olde Husink machte sich ab und zu die Mühe, mit dem Personalboot zum Festland, in diesem Fall in sein Direktionszimmer, zu rudern, fast immer, um restauratorische Korinthen zu kacken. Junge Künstler, die ihm im Museum begegneten, nahmen mitunter an, daß Olde Husinks Kleidung und Äußeres »retro« seien. Er trug gebügelte weiße Oberhemden und schmale Krawatten, seine Anzüge versahen schon seit Jahrzehnten ihren Dienst, und sein Gesicht mit dem scharf konturierten kalvinistischen Kiefer wurde von einer Brille dominiert, die aus den fünfziger Jahren zu stammen schien. Tatsächlich aber waren alle Turbulenzen auf dem Gebiet der Mode an Olde Husink vorübergegangen. Wenn jemand zu ihm sagte, er sei in jungen Jahren vermutlich ein Fan von Bands wie Devo oder Kraftwerk gewesen, nickte er treudoof, um das Thema möglichst schnell zu beenden.

Olde Husink war der einzige in der Abteilung Konservierung und Erhalt, der keine Dienstreisen machte. Das erleichterte, vorsichtig ausgedrückt, die Ausübung seines Berufs nicht gerade. Wenn zum Beispiel jemand vom Museum nach London mußte, um der Tate Modern eine Leihgabe zu bringen, dann war klar, daß Herman Olde Husink dafür nicht zur Verfügung stand. Mit seinen vier Kollegen aus der Abteilung hatte er so wenig Kontakt wie nur möglich. Er hockte wie ein Eremit in seiner Restaurierungswerkstatt. Stundenlang konnte er vor einem auf der Staffelei stehenden Kunstwerk sitzen, ohne sich auch nur zu bewegen. Nach einer solchen reglosen Sitzung nahm Olde Husink dann einen Pinsel Nummer Null, tupfte eine Farbe auf die Leinwand, schien angesichts seiner Tat zu erschrecken, entfernte seinen winzigen Eingriff mit einem in Wasser getauchten Wattestäbchen und fiel wieder zurück in Bewegungslosigkeit.

Manchmal trug er eine Halbmaske aus Gummi, und nachdem er einen Eingriff am Kunstwerk vorgenommen hatte, erschienen darin winzige Wellenschläge.

Das bedeutete, daß Olde Husink dann schneller als sonst atmete, angespannt ob der drohenden Unterschiede im Glanz des Firnis, den er soeben aufgetragen hatte. Seine Kollegen ließen ihn während dieser Kämpfe in Ruhe. Sie wußten, daß er Besuche nicht mochte. Nur Verhooff empfing zu gegebenen Zeiten ein Lebenszeichen.

Auf seine Antwortmail bekam er sofort eine Nachricht von Olde Husink. Daß er, wenn es Verhooff nicht ungelegen komme, gerne sofort sein »Problem« mit ihm besprechen wolle. Verhooff schenkte sich Kaffee aus einer Thermosflasche ein und schaute gewohnheitsmäßig zu seinem auf dem Depotgelände geparkten Wagen, ein Volvo – kurz kontrollieren, ob sein Eigentum noch als auserkorener Schatz zwischen den anderen Fahrzeugen stand. Woher kam nur die Neigung, das eigene Auto als beseelte Entität zu empfinden?

Er antwortete Olde Husink, daß er ihn erwarte. Widerwillig räumte Verhooff seinen Schreibtisch ein wenig auf, stellte Ordner gerade und warf Kaffeebecher in den Mülleimer. Bestimmt ging es wieder um ein Fitzelchen abgebröckelte Farbe aus einem hundert Jahre alten Krakelee in der Ecke einer Ecke eines Werks, das schon seit zwanzig Jahren im Depot stand.

Ein schlichtes Klopfen an seiner Tür. Olde Husink, bei dem man nie eine Gesichtsrötung oder sommerlichen Teint sah, wirkte diesmal auffallend blaß.

»Herman, wie geht's?«

Olde Husink befühlte mit Daumen und Zeigefinger das untere Ende seiner Krawatte, als er Verhooff gegenüber Platz nahm.

33

Ein Gespräch mit Olde Husink zu beginnen war immer eine schwierige Sache. Man konnte ihn nicht fragen, ob es Frau und Kindern gutging, denn die hatte er nicht. Eltern schon, doch die lebten in zwei verschiedenen Pflegeheimen, und Kollegen hatten Verhooff gewarnt, daß, konversationstechnisch gesehen, dieses Thema für Olde Husink eine *no go area* war.

»Alles in Ordnung in der Abteilung?« fragte er ihn daher.

Dies schien Olde Husink einen Schreck einzujagen; abrupt ließ er das Ende seiner Krawatte los. »Dir ist was zu Ohren gekommen?«

Verhooff machte eine unbestimmte Bewegung mit der Computermaus. »Nein. Nichts. Leg los.«

Olde Husink rutschte kurz auf seinem Stuhl herum. »Auf der Rückseite unseres *Untitled* von Mark Rothko befindet sich eine Transportnummer des Guggenheim-Museums.«

Einen Moment herrschte Schweigen. Verhooff rückte näher an den Schreibtisch heran. »Und?«

»Unser *Untitled* wurde nie an das Guggenheim ausgeliehen.«

Verhooff war, als setzte sein Herz einen Schlag aus. Blitzschnell zog er seine Schlußfolgerungen. Kopiert, vertauscht, unterschlagen, der Rothko. Emma Duiker hatte ein unschätzbar wertvolles Gemälde entwendet, und das konnte man – das war ihm sofort bewußt – der Öffentlichkeit kaum erklären. Er war schuldig, nicht des Diebstahls selbst, wohl aber einer unverzeihlichen Pflichtverletzung. Wie hatte sie das gedeichselt?

Mitten durch seine unterdrückte Panik marschierten Unglaube und Skepsis. Es war doch unvorstellbar, daß diese hart arbeitende Emma Duiker, die mönchische Kopistin, einen Austauschtrick angewandt hatte? Es war derart unvorstellbar, daß Verhooff beschloß, es sich gar nicht erst vorzustellen.

»Was willst du damit sagen, Herman?«

»Ich habe das *Untitled,* den wir jetzt im Depot haben, mikroskopisch untersucht. Ich konnte keinerlei Oberflächenverschmutzung finden, und ...«

»Dann hat derjenige, der den Rothko zuletzt gereinigt hat, sehr gute Arbeit geleistet.«

Olde Husink schaute konzentriert auf eine Stelle hoch oben an der Wand, an der Verhooffs Bemerkung offenbar hinaufgekrochen war.

»Das Bild, das wir nun im Depot haben, zeigt praktisch keine Schichtung des Farbaufbaus.«

»Unsinn«, sagte Verhooff, »du ziehst voreilige Schlüsse. Um nicht zu sagen: Du verbreitest Panik.«

Einen Moment lang herrschte Schweigen. Olde Husink wanderte wieder mit den Augen zu der Interesse erregenden Stelle an der Wand.

»Eine ganze Reihe von Werken Rothkos aus den fünfziger und sechziger Jahren wurden im Laufe der Zeit auf ihre Schichtung hin untersucht«, sagte der Restaurator. »Unter den Farbflächen befinden sich immer mindestens drei andere Schichten in anderen Farbkombinationen. Mark Rothko trug Schicht um Schicht auf, und alle Schichten wurden mit Wasser oder Lösungsmittel maximal verdünnt. Unser Rothko hat keine drei Schichten.«

»Dann haben wir einen einzigartigen Rothko.«

»Die Inventarnummer stimmt, aber es fehlt der Stempel des Hollands Museums.«

»Du nennst lauter Indizien. Warum sagst du nicht, was du offensichtlich zum Ausdruck bringen willst: daß wir einen falschen Rothko im Depot haben?«

Olde Husink seufzte kurz. »Es ist nicht meine Aufgabe, dies zu entscheiden. Ich gebe nur meine Befunde weiter.«

»Aber mit diesen Befunden deutest du sehr wohl in eine bestimmte Richtung, Herman. Ist das die zutreffende Richtung?«

Verhooff rollte seinen Stuhl nach hinten und zog mit der rechten Hand an dem unter dem Sitz befindlichen Hebel für die Rückenlehne. Er lehnte sich weit nach hinten. Allerdings geschah dies mit einem Ruck, so daß seine Füße kurz vom Boden abhoben.

»Okay. Was schlägst du vor? Sollen wir den Mitarbeiterstab zusammenkommen lassen? Oder gleich die Polizei anrufen und Anzeige erstatten? Schadensberechnungen anstellen?«

Verhooff hoffte, diese Aufzählung würde Olde Husink zu dem Geständnis verführen, er rede nur so daher. Genauere Untersuchungen würden bestimmt zu anderen Ergebnissen kommen.

Olde Husink verschränkte die Arme. »Sind das nicht Fragen, die du als Direktor beantworten müßtest? Darüber habe doch nicht ich zu entscheiden.«

»Wer weiß von der Sache?« fragte Verhooff.

»Nur du. Wem sollte ich sonst davon berichten? Ich habe mir vor ein paar Wochen *Untitled* unter dem Mikroskop angesehen, habe die Inventarnummer kontrolliert und die Transportunterlagen herausgesucht. Als das Ergebnis vorlag, habe ich dir ein E-Mail geschrieben.«

Dem Restaurator war also nicht in den Sinn gekommen, mit seinen Kollegen über die Sache zu reden. Sein Eremitentum erwies sich in diesem Fall als Vorteil.

»Gut. Niemand weiß etwas«, sagte Verhooff. »Sollen wir es vorerst dabei belassen? Außerdem möchte ich mir den Rothko jetzt gern selbst ansehen.«

Er rief kurz Wendy an, seine Sekretärin, und teilte ihr mit, er sei für eine Weile in Olde Husinks Atelier.

Unterwegs kamen sie an der Rezeption vorbei, an der eine Gruppe von Studenten, die offensichtlich die Bibliothek besuchen wollte, dabei war, Namensschildchen in Empfang zu nehmen und anzustecken. Verhooff schaute sorgfältig in eine andere Richtung, als könnte der erstbeste Besucher an seinem Gesicht sehen, daß man in den Depots eine dreiste Fälschung entdeckt hatte.

In Olde Husinks Atelier lief das Radio. Wahrscheinlich ein Klassiksender. Flach auf dem Arbeitstisch lag unter der Lampe *Untitled No. 18* oder besser gesagt, dort lag Duiker Nummer eins.

»Ich sehe nichts«, sagte Verhooff. »Ich meine, ich glaube alles, was du gesagt hast, aber hier vor mir liegt dennoch unser *Untitled.*«

Olde Husink nahm eine Lupenbrille von seinem Arbeitstisch und legte sich das Gummiband um den Kopf. Er setzte sich ans Mikroskop, schob das Okular über das Bild und sagte: »Wenn du hier links unten genau hinsiehst, dann ...«

»Wie hoch mag der Auktionswert des Rothko liegen?« Verhooff war zu nervös für mikroskopische Aktivitäten.

»Zehn Millionen, zwanzig?«

Olde Husink zögerte. »Weißt du das nicht? Vor einem Jahr ging bei Christie's ein Rothko für vierzig Millionen Euro weg. Unser Bild ist mit diesem Gemälde vergleichbar. Erst neulich hat irgendein amerikanischer Sammler seine Rothkos an einen Unbekannten verkauft. Das Konvolut umfaßte acht Werke, und der Preis betrug dreihundert Millionen Dollar. Unser *Untitled* ist ein wenig kleiner als ein durchschnittlicher Rothko, doch sein Wert beträgt wahrscheinlich immer noch rund dreißig Millionen Euro.«

Bei jedem Satz, den Olde Husink sagte, kam es Verhooff so vor, als würde ihm Blut abgezapft. Die Worte des Restaurators waren der Schlauch, durch den seine Lebenssäfte hinwegflossen. Durch seine Adern strömte lediglich noch eines der Lösungsmittel, mit denen Olde Husink zu arbeiten pflegte.

»Kann es nicht sein, daß dies dennoch der echte *Untitled* ist und daß Emma Duiker einfach nur die Aufkleber mit den falschen Inventarnummern draufgeklebt hat?«

Olde Husink nahm die Lupenbrille ab. »Keine Schichtung. Zwischen den Farbschichten keinerlei Firnis, und auch der übliche Farbaufbau fehlt. Und die Keile habe ich noch nicht einmal erwähnt. Am Keilrahmen unseres *Untitled* sind hellgelbe Schnüre befestigt. Hier nicht. Die Schnüre fehlen. Hinzu kommt, die Vorderseite eines Bildes kann man fälschen, bei der Rückseite ist das sehr viel schwieriger. Dort befinden sich

Stempel, Ausleihaufkleber, Transportcodes und Inventarnummern. Die Vorderseite ist das Gesicht eines Bildes, die Rückseite ist die Seele.«

Verhooff schloß für einen Moment die Augen. Das Lösungsmittel in seinen Adern schien zu gerinnen. Nichts floß mehr.

»Was will sie damit?« fragte er. »Unser Rothko ist überall bekannt. Wer kauft schon ein Werk aus einem Museum?«

»Könnte es vielleicht sein, daß Frau Duiker ... *spielerische* Absichten hat?« Olde Husink verzog das Gesicht zu einer angewiderten Grimasse, als machte er keinen Unterschied zwischen spielerischen und obszönen Absichten.

Der spielerische Mensch war der anstoßerregende Mensch. Vielleicht spielte sie tatsächlich ein unschuldiges Spiel, ging es Verhooff durch den Kopf, und vielleicht reichte ja ein Besuch in ihrem Atelier, um anschließend grinsend das Glas heben zu können, Aug in Aug mit dem echten *Untitled,* den sie dort aufbewahrte. Kleiner Scherz! Und danach wurde das Original von den Mitarbeitern der Abteilung Versand rasch in eine Klimakiste gepackt. Ein Kurs für Fortgeschrittene im Hereinlegen. Ja, etwas in dieser Art mußte es sein. Es gab also doch eine gewisse Verwandtschaft zwischen Emma Duiker und den neunzehn Zauberlehrlingen von *Duel,* die das Stiften von Verwirrung als eine essentielle Komponente ihrer Kunst betrachteten.

»Wir statten Emma Duiker einen Besuch ab«, beschloß er. »Ich rufe sie an und sage, daß wir in einer halben Stunde zu ihr ins Atelier kommen. Wir, denn du fährst mit. Du untersuchst den Rothko, den wir dort zweifelsfrei finden werden, und anschließend rufen wir Hiskia van Kralingen oder einen anderen *art handler,* und dann wird uns der Rothko ordentlich ins Haus geliefert.«

»Ich weiß nicht, ob ich damit einverstanden bin«, sagte Olde Husink.

Verhooff sah auf. »Womit? Mit was mußt du in Gottes Namen einverstanden sein?«

»Ich weiß nicht, ob ich dich zu Emma Duiker begleiten kann. Meine Aufgabe ist es, mich um den Erhalt und die Konservierung von Kunstwerken zu kümmern, und nicht, Atelierbesuche zu machen.«

Verhooff unterdrückte einen Seufzer. Feierlich legte er Olde Husink eine Hand auf die Schulter.

»Du mußt das nicht für mich machen, Herman«, sagte er. »Auch nicht für das Hollands Museum. Aber tu es für *Untitled.* Tu es für die Leinwand, die Farbschicht, den Keilrahmen zur Not. Tu es ...« Verhooff zögerte kurz, ehe er anfing, gegen die gläserne Wand zwischen gutem Geschmack und Schmierentheater zu drücken. »Tu es für das Kunstwerk, das ohne dich und mich verwaist ist.«

Olde Husink zuckte die Achseln, und Verhooff wußte Bescheid.

»Gut so. Ich informiere Wendy kurz darüber, daß wir den Rest des Tages einen Atelierbesuch machen.«

3

»Kurze Frage«, sagte Emma Duiker und schaute errötend an Verhooff und Olde Husink vorbei, »seid ihr einverstanden, daß meine Jungs zwischendurch ein paar Fotos und Videoaufnahmen machen? Es ist für das Projekt, an dem wir gerade arbeiten.«

Natürlich war Verhooff nicht einverstanden. Daß er gekommen war, um *Untitled No. 18* zurückzuholen, mußte, was ihn anging, nicht auch noch dokumentiert werden. Doch andererseits: Er war bereit, alles zu tun, um wieder in den Besitz des Bildes zu gelangen, und verglichen mit dem vermißten Rothko waren zwei filmende Assistenten eine Kleinigkeit. Von dem Moment an, als Emma Duiker sie in ihr Atelier hatte eintreten lassen, wußte Verhooff: Emma Duiker war nicht nur schuldig, sie fühlte sich auch so. Der Rothko war hier. Er sah es an einigen unsicheren Gesten, die sie machte. Außerdem vermutete er, daß Emma Duiker die Folgen ihrer Austauschaktion unterschätzt hatte. Dieser Endzwanzigerin war nicht bewußt gewesen, worauf sie sich einließ. Wahrscheinlich war sie im stillen erleichtert darüber, daß ihr Austauschtrick ans Licht gekommen war. Und dann war sie zudem noch – ein entwaffnendes Detail – mit einem »Projekt« beschäftigt. Selbstverständlich. »Projekte«. Dieses Gehabe hörte niemals auf.

Emmas Atelier befand sich in Amsterdam-Ost. Es handelte sich um ein großes Erdgeschoß, in dem früher vermutlich einmal ein Geschäft oder ein Betrieb untergebracht gewesen war. Der Raum hatte an der Rückseite einen wintergartenartigen Anbau. Alles – Decke, Fußboden, Wände – war makellos weiß gestrichen. Spuren von malerischer Arbeit gab es nicht. Drei große weiße Arbeitstische standen im Atelier verteilt. An einer Seite konnte man eine riesige ebenfalls weiße Schrankwand sehen. Wer es nicht besser wußte, hätte denken können, hier habe sich ein Designbüro niedergelassen.

»Ich muß dir nicht sagen, weshalb wir hier sind«, sagte Verhooff, nachdem sie auf hohen, unbequemen Hockern an einem der Arbeitstische Platz genommen hatten.

Der Tisch war, von einem iBook mit zugeklapptem Bildschirm abgesehen, vollkommen leer. Weiß auf Weiß. Auf Weiß. Emmas Jungs, die wie damals im Museumsdepot kein Wort sagten, standen im Hintergrund, wie Amateurleibwächter, die die Aufmerksamkeit gerade dadurch auf sich lenken, daß sie von sich abzulenken versuchen.

»Nein, das müßt ihr nicht«, erwiderte Emma Duiker. Verhooff hatte beinahe Mitleid mit ihr.

»Ich habe noch drei gemalt«, sagte sie und fuhr sich mit der Hand durch das offene lockige Haar. »Hier im Atelier.«

»Ach ja?« fragte Verhooff. »Da sind wir aber neugierig. Dürfen wir sie sehen?«

Noch drei weitere. Dieses Mädchen vermischte Kunst mit Kabarett, und das tragische Ergebnis war, daß es nichts zu lachen gab.

Emma gab ihren Assistenten ein Zeichen, worauf sie ihre Aufnahmegeräte beiseite legten und zu zwei mattgläsernen Türen im Raum gingen, hinter denen sich ein großer begehbarer Schrank befand. Als sie wieder herauskamen, trug jeder von ihnen ein Bild in halbdurchsichtiger Luftpolsterfolie. Diese wickelten sie ab und stellten zwei *Untitled No. 18* an die Rückwand des Ateliers.

»Solltet ihr nicht lieber Handschuhe anziehen?« fragte Olde Husink, und als die Jungs ihn erstaunt ansahen, fügte er in beinahe entschuldigendem Ton hinzu: »Ich würde die Bilder wirklich nur mit Handschuhen berühren.«

Die beiden ignorierten diese Bemerkung und schoben die Gemälde ein wenig hin und her, um sie gut nebeneinander zu plazieren.

»Und jetzt noch das dritte«, sagte Emma Duiker.

Einer ihrer Jungs verschwand erneut in dem Lagerraum und kam mit einem dritten *Untitled* wieder, das unverpackt war.

Verhooff hielt sich die Hand mit gestreckten Fingern an die Stirn, als müßte er in die Sonne schauen. Dreimal Rothko. Dreimal das freischwebende Farbtrio, die Kombination von Farbe und Form, die sich hauchzart wie Nebel – farbiger Nebel! – über die Leinwand auszubreiten schien. Das Wunder von Rothko war, daß er die heilige Dreieinigkeit, so wie sie jahrhundertelang abgebildet worden war, zu aufwolkenden Farbflächen eingedampft hatte. Der Vater, der Sohn und der Heilige Geist waren in seinem Œuvre zu ätherischen, mal gelben, mal grünen, blauen, roten, weißen, ganz gleich, in welcher Farbe gemalten Feldern reduziert, Farben, die geradewegs in die Seele des Betrachters schwebten und ihn dort berührten. Berührt von den Göttern. Göttern, die Farbe geworden waren.

Verhooff fühlte sich ertappt, als er bemerkte, daß Emma ihn mit großen Augen musterte.

»Sagst du nichts dazu?«

»Welches Bild gehört uns? Welches ist unser Rothko?«

»Das Original? Nein, das Original ist hier nicht dabei. Für den ersten, den ich bei euch in der Werkstatt kopiert habe, habe ich sechs Wochen gebraucht. Das war mein *Untitled* für *Duel*. Aber bei diesen drei Kopien ging es immer schneller. Jetzt male ich ein *Untitled* in weniger als zwei Tagen. Wirklich wahr.«

Mit einem Seitenblick schaute Verhooff zu Olde Husink, der sich Mühe zu geben schien, so wenig Platz wie möglich einzunehmen. Er selbst mußte einen Wutanfall unterdrücken.

»Das Original ist hier nicht dabei? Stört es dich sehr, wenn ich das nicht glaube?«

»Ich habe mir überlegt, etwa zwanzig zu malen«, sagte Emma. »Die sollen irgendwann alle beieinander hängen, stelle ich mir vor. In einem einzigen Raum. Dann hat man eine Art zweite Rothko-Kapelle, so wie in Houston, du weißt schon. Meine Kapelle wurde nicht von Rothko selbst gestaltet, wohl aber in seinem Geist entworfen.«

Olde Husink starrte Emma an, als spräche sie in Zungen.

»Ich schlage vor, Herman schaut sich die drei Bilder nun an«, sagte Verhooff.

»Ja klar, meinetwegen«, sagte Emma sofort, »aber das Original ist wirklich nicht dabei.«

Umständlich erhob Olde Husink sich von seinem Hocker. Emmas Jungs hielten sich die Kameras vors

Gesicht, als sei der Restaurator eine touristische Attraktion. Während Olde Husink zwei weiße Handschuhe überstreifte, die er aus der Innentasche seines Sakkos geholt hatte, ging er beinahe schleichend zu den drei *Untitled*. Seine Nasenflügel bebten kurz, als müßte Terpentin oder Leinöl beschnüffelt werden. Mit nach vorne gerecktem Hals und leicht schiefgelegtem Kopf ließ er seinen Blick über die Gemälde schweifen. Dann ging er in die Hocke und nahm die Lupenbrille aus seinem Werkzeugköfferchen.

Verhooff massierte mit Daumen und Zeigefinger seine Stirn und fragte: »Haben deine Jungs die Bilder vertauscht, als *Duel* zu Ende war?«

»Ich rede nicht drumherum«, erwiderte Emma Duiker. »Du hast recht. Die Jungs haben die beiden Bilder einfach vertauscht. Kurz bevor eure Leute von der Transportabteilung kamen. Es war so unglaublich einfach.«

»Und dann hattest du den Rothko.«

»Ja. Aber nicht für mich. Für das Projekt.«

Verhooff betrachtete die drei *Untitled*. Das Wort »Projekt« klang plötzlich ganz schauerlich in seinen Ohren. Wie ein Euphemismus für Unterschlagung, Diebstahl, ja, sogar für Vernichtung.

»Angenommen Olde Husink hätte den Austausch nicht bemerkt«, sagte er, »wie hättest du uns das Original wieder zukommen lassen?«

»Ganz einfach. Ich hätte dem Hollands diese drei Kopien geschenkt. Und dazu noch eine vierte. Die sich dann im nachhinein als das Original herausgestellt hätte. Das hätte ich dich nach einer Weile schon wissen lassen. Du glaubst doch nicht, daß ich eine ordinäre Kunstdiebin bin? Wofür hältst du mich?«

Verhooff rutschte auf seinem Hocker herum. Ja, wofür hielt er sie? Aus den Augenwinkeln schaute er zu Olde Husink. Mit der Lupenbrille vor dem Gesicht erinnerte er an einen Flugpionier. Wer wußte, welchen irreparablen Schaden Olde Husink sehr bald schon entdeckte? Verhooff bereitete sich innerlich auf die Katastrophennachricht vor.

»Paß auf«, sagte er, »das Hollands Museum wird über das Verschwinden nichts verlautbaren lassen. Ich schlage vor, du gibst uns den Rothko heute noch wieder. Es ist nicht meine Absicht, dich ins Gerede zu bringen. Ganz zu schweigen davon, daß ich dir dein Leben versauen will. Aber es geht hier um ein Werk mit einem Auktionswert in Millionenhöhe. Wenn es nicht wieder auftaucht, bin ich gezwungen, Anzeige zu erstatten.«

»Das ist mir klar«, erwiderte Emma leise. »Dieses Risiko gehe ich ein. Doch zuerst will ich dir mein Projekt vorstellen. Vielleicht überlegst du es dir dann ja noch.«

Sie nahm den Laptop und klappte den Bildschirm hoch. »Ich zeig dir was.«

Mit ein paar Mausklicks öffnete sie ihr E-Mail-Programm und anschließend eine der Nachrichten. Im Anhang befanden sich allerlei JPG-Dateien.

»Herman, würdest du dir das auch ansehen?« bat Verhooff seinen Begleiter.

Olde Husink entfernte sich widerwillig von dem Triptychon.

Emma öffnete eine Bilddatei nach der anderen. Auf allen war *Untitled* zu sehen, in unterschiedlichen Beleuchtungen und vor unterschiedlichen Hintergründen.

»Das ist das Original«, erklärte sie. »Dies sind Aufnahmen von der Reise zu besonderen Orten in Europa, die ich *Untitled* machen lasse. *Duel* ist zu Ende, aber diese Aktion ist durchaus noch Teil meines Beitrags zu der Ausstellung. Dies hier ist mein *Duel*. Ich gebe Rothko den Menschen wieder. Schau, dies sind die letzten drei Fotos. Irgendwo in Europa. Mehr kann ich dir dazu nicht sagen, wie du verstehen wirst.«

Sie schloß die Bilddateien, schaltete den Computer aus und klappte den Bildschirm zu. Verhooff hatte nur einen ganz kurzen Blick auf die drei letzten Aufnahmen werfen können, doch was er gesehen hatte, brannte sich ihm ins Gedächtnis ein. Eine hellgelbe Wand und am Rand des Fotos die Ecke einer Schultafel, zwischen *Untitled* und der Schultafel die vagen Konturen eines Posters oder Plakats. Weiße Buchstaben, eine fremde Sprache.

Ohne daß sein Gesichtsausdruck etwas verriet, begab Olde Husink sich wieder zu den drei *Untitled*.

Verhooff betrachtete die Außenseite des Laptops, als würden darauf die Fotos noch nachglühen.

»Schön, du gibst *Untitled* den Menschen wieder«, sagte er trocken. »Ich wußte nicht, daß ›die Menschen‹ Eigentümer von *Untitled* sind.«

»Warum«, Emmas Stimme klang plötzlich hektisch, »wird von Künstlern immer erwartet, nein, verlangt, daß sie in die Wirklichkeit eingreifen?« Sie machte mit Zeige- und Mittelfingern Anführungszeichen in die Luft. »Warum dürfen Künstler die Wirklichkeit immer und überall nach ihren Vorstellungen gestalten, außer wenn es kanonisierte Meisterwerke betrifft? Schau dir nur an, wie Kunst auf der Straße eingreift. Zum Beispiel in Rotterdam. Dort steht ein blauer Zwerg mit einem *buttplug* in der Hand. Finden wir das spannend, bereichernd, inspirierend? So darf man nicht fragen. Wir müssen es irritierend und daher wertvoll finden. Kunst muß alles und jeden irritieren – aber rühre ja nicht an den Fetischen in den Museen. Warum eigentlich nicht? Sind das unsere neuen Heiligenbilder, all die Werke von Picasso, Braque, Pollock, Rothko, de Kooning? In Geld ausgedrückt: ja. Rühre ja nicht an *Guernica*. Mach komische Sachen mit dir selbst, mit Tieren oder mit allerlei Gegenständen, und es ist Kunst. Biete dich als Gelegenheitsprostituierte für zwanzigtausend Dollar an und mache einen Film von dir und deinem Kunden. Schon hast du Kunst. Oder du sagst zu einem Galeristen, er solle sich ein Affenkostüm anziehen, an dem zwei Dildos befestigt sind. Du weißt auch, Jelmer, daß ich mir das nicht ausdenke. Ein aufblasbares Kaninchen ist Kunst. Zwei Schwestern, die hungern und ihre anorektischen Haut-und-Knochen-Körper zur Schau stellen: interessante Spitzenkunst! Ein Mädchen, das eine Katze häutet und aus dem Fell eine Handtasche macht: Kunst. Zwanzig Würfel aus Tropenholz auf einer Weide in Patagonien – ebenfalls Kunst. Die Kunstkritik steht daneben und schaut zu. Beispiele gibt es unzählige. In der Tate Britain rennen vier Sprinter den lieben langen Tag den Hauptgang rauf und runter. Dann sag ich: Okay, warum nicht? Soll doch jeder sein Bestes geben, um allerlei Kunst, die nicht direkt an Kunst erinnert, ins Museum zu bekommen. Doch warum sollte man nicht einmal Kunst aus dem Museum hinaustragen? Warum sollte ein Künstler nicht einmal sein Bestes tun, um ein Meisterwerk aus den Ausstellungsräumen eines Museums zu befreien? Wäre das nicht so richtig irritierend?«

Emma hatte immer lauter gesprochen und gestikulierte nun hitzig mit den Händen. Die augenscheinlich aufopferungsvolle Kopistin war also in Wirklichkeit eine beseelte Radikale, eine Kreuzritterin.

»Ich verstehe, was du meinst«, sagte Verhooff. »Kunst ist eingesperrt und muß befreit werden. Wäre dein Projekt also mit Aktionen der Tierbefreiungsfront vergleichbar?«

»Ja, ein guter Vergleich«, erwiderte sie gemessen. »Hast du dich nie gefragt, wie das ist mit all den Kunstwerken des vergangenen Jahrhunderts? Mit all den abertausend angeblich bedeutenden Werken? Wie viele Werke besitzt das Hollands Museum? Fünftausend? Sechstausend?«

Verhooff war aufgestanden. Er lehnte mit der Hüfte am Hocker. »Deine Schätzung ist viel zu niedrig. Die Kollektion des Museums umfaßt neunzigtausend Objekte.«

Diese Zahl hatte auf Emma die Wirkung eines leichten Stromschlags.

»Tatsächlich?« Sie strich sich eine Haarlocke aus dem Gesicht. »Dann ist das Ganze ja noch viel dramatischer. Wie viele wichtige Museen für moderne Kunst gibt es in Europa? Zehn? Zwanzig? Sagen wir fünfzehn. Dann haben all diese Museen insgesamt vielleicht anderthalb Millionen angeblich bedeutende Kunstwerke in ihren

Depots. Anderthalb Millionen! Hat die Menschheit in den letzten hundert Jahren zufällig so viele Meisterwerke hervorgebracht? Millionen von Kunstschätzen in einem einzigen Jahrhundert? Ist diese Zahl nicht vollkommen übertrieben? Wäre es nicht eine Selbstverständlichkeit, ein paar Hunderttausend dieser Werke wieder in die Welt zu entlassen?«

»Und dein ... Projekt bietet eine elegante Alternative.« Verhooff war dabei, sich in eine Diskussion zu verheddern, die ihn nur noch weiter von *Untitled* entfernte. Dennoch verspürte er das starke Bedürfnis, ihr zu widersprechen.

»Es ist auf jeden Fall origineller«, konstatierte sie, ohne daß ihre Stimme auch nur eine Spur von Zweifel verriet. »Mehr als das. Es ist zumindest menschlicher. Indem man die Kunst aus dem Würgegriff der Museen befreit, bekommt sie von ganz allein wieder eine menschliche Dimension.« Emma Duiker ging um den Arbeitstisch herum. »Und abgesehen davon ist es auch revolutionär. All die Konventionen, die es darüber gibt, wieviel ein Kunstwerk angeblich wert ist! Du sagtest, dein Museum besitze neunzigtausend Werke? Wie hoch ist der durchschnittliche Wert dieser Werke? Zehntausend Euro vielleicht? Die, sagen wir, fünfhundert Werke mit einem Wert von fünf Millionen oder mehr treiben den Durchschnitt natürlich nach oben. Es sind, so oder so, Milliarden. Man könnte sagen: Mit diesem Projekt, mit dieser Aktion, die ich für dieses angebliche Millionenwerk von Rothko initiiert habe, stiehlt ein Künstler von den Reichen und gibt die Kunst zurück an die Armen.«

Verhooff hob die Hand und war sich im selben Moment bewußt, wie schülerhaft diese Geste war.

»Juristisch betrachtet war das dein bisher eindeutigstes Geständnis«, sagte er.

»Außerhalb der Welt meiner Aktion vielleicht. Doch in der Welt des Kunstwerks, das ich entworfen habe, ist es nur eine Erklärung. Alle wissen inzwischen aus Interviews, daß du von den Ideen Bernard Shortos beeinflußt bist, Jelmer. Nun, ich ziehe die äußerste Konsequenz aus seinen Ansichten. Ich stürze die ganze Moderne und Postmoderne vom Sockel. Warum muß alles im Atelier oder Studio anfangen und in unseren heutigen Kathedralen, den Museen, enden? Warum müssen wir wie halbe Sklaven in die Museen getrieben werden, um dort brav die Meisterwerke zu betrachten? Ist das nicht widerlich autoritär und feudal? Kunst ist zum Zeitvertreib der Allerreichsten geworden. Die Superreichen kaufen die teuersten Werke auf, die anschließend in Privatsammlungen verschwinden. Und wir sehen sie niemals wieder. Erinnerst du dich an diesen Japaner, der einen van Gogh gekauft und testamentarisch verfügt hat, daß dieses Werk mit ihm begraben wird? Das ist Raubtierkapitalismus par excellence. Das dürfen wir der Kunst nicht antun. Jeder darf alle Bücher lesen, alle Musik hören, doch die bildende Kunst ist in den Händen einer Clique von Geldschefflern, Statusgeilen und Snobs, die sich als Sammler bezeichnen. Das darf nicht länger so bleiben. Das ist nicht der Sinn von Kunst.«

Emma geriet außer Atem. Sie war mehr als beseelt, stellte Verhooff fest. Sie war eine halbwegs, vielleicht sogar eine vollkommen Gläubige, spirituell inspiriert, und die Kunst war ihre Religion. Mit Religionsfanatikern sollte man besser nicht diskutieren.

»Darf ich kurz?«

Verhooff hatte nicht bemerkt, daß Olde Husink inzwischen hinter ihm und Emma stand. »Nur einen Moment, wenn's geht?« sagte Olde Husink und ging wieder zurück zum Duiker-Triptychon.

Verhooff folgte ihm hastig. »Laß mich raten«, flüsterte er. »Sie hat nicht gelogen. Der Rothko ist nicht dabei.«

Olde Husink dämpfte ebenfalls die Stimme. »Auch hier keinerlei Oberflächenverschmutzung. Und ich habe mir die Rückseiten angeschaut. Dieselbe Transportnummer des Guggenheim.«

Verhooff wandte sich zu Emma Duiker, die an ihrem Arbeitstisch auf einem Hocker Platz genommen hatte.

»Dreimal Duiker«, sagte er. »Glückwunsch.«

Emma war noch ganz im Bann ihrer Ausführungen, so daß ihr Verhooffs Sarkasmus entging. Auch dies war ein Kennzeichen für Fanatiker; sie entwickelten eine selektive Taubheit.

»Emma«, hob er an, »ich zweifle nicht an deinen missionarischen Absichten, aber erkläre mir eines: Was gibt dir das Recht, *Untitled* ohne Bewachung, ohne Versicherung und ohne Begleitung von Fachkräften herumreisen zu lassen?«

Sie zeigte ein Lächeln. Es war ein prächtiges Lächeln, ganz gewiß, doch Verhooff wurde davon unwohl. Vielleicht war sie schlimmer als fanatisch. Vielleicht war sie unzurechnungsfähig.

»Diese Diskussion willst du gar nicht mit mir führen«, erwiderte sie. »Ich sage nur: *Untitled* hat seit *Duel* an verschiedenen Orten in Europa gehangen. Ich sage nicht, wo, denn dann läßt du das Bild abholen, und all meine Arbeit war umsonst.«

»Ja, das wäre wirklich schade«, rutschte es Verhooff heraus. Diesmal konnte ihr sein Sarkasmus nicht entgehen. »Angenommen, Emma, ich fände dein Projekt interessant und sinnvoll. Dann wäre ich immer noch verantwortlich für den Kunstbesitz des Hollands Museums im allgemeinen und für dieses Werk im besonderen. Ein Werk, das zufällig und dummerweise schlappe dreißig Millionen wert ist. Wenn das ans Licht kommt, bist du nicht die einzige, die etwas erklären muß. Du stürzt nicht nur dich in den Abgrund, du reißt mich mit.«

Es entschlüpfte ihr ein Seufzer. Plötzlich wirkte sie mißmutig.

»Darum finde ich es auch so schade, daß ihr dahintergekommen seid. Vier Monate später, und das originale *Untitled* wäre einfach wieder ins Hollands Museum zurückgekehrt. Bald danach hätte ich alles gestanden. Wirklich. Niemand hätte dann etwas davon erfahren. Ich mache das Projekt erst öffentlich, wenn dir, mir und dem Museum kein Schaden mehr entstehen kann. Ich habe Geduld. Doch wenn es soweit ist, wenn die Zeit reif ist für die Enthüllung, dann wird man erkennen, was ich gemacht und geleistet habe.«

Ein Meisterwerk, hätte sie am liebsten gesagt, ging es Verhooff durch den Sinn.

»Dummerweise wissen wir Bescheid«, sagte er. »Und

jetzt? Was würdest du an meiner Stelle tun, Emma? Oder laß es mich so ausdrücken: Was sollen wir beide nun tun?«

Seine Frage schien nicht zu ihr durchzudringen.

»Soll ich dir noch etwas erzählen?« fragte sie. »Ich arbeite mit einer Gruppe von Leuten in Europa zusammen. Sie haben versprochen, den Rothko strikt inkognito reisen zu lassen. Meine Leute machen Fotos und Videos von den Orten, von dem Bild, von den Menschen, die vorbeikommen und die es manchmal betrachten, meistens flüchtig, doch mitunter auch unglaublich intensiv. Ich habe bereits ein paar Fotoreportagen. Und zu manchen Orten bin ich selbst hingefahren. Jeder Ort produziert eine eigene Geschichte. Einen Monat an der Wand einer Bibliothek in Polen. Drei Wochen in einem Jugendgefängnis in Belfast. Ich nenne nur Beispiele.«

Trotz allem lachte Verhooff laut auf. »In einem Jugendgefängnis? Rothko als Blickfang, um junge Kriminelle zu trösten?« Während er dies aussprach, verging ihm das Lachen, und er sah Bilder von enthemmten Jugendlichen vor sich, die *Untitled* bespuckten und verschmutzten.

»Und was sind das für Leute, die dir vor Ort assistieren?« fragte er.

»Oh, das ist ganz verschieden. In Neapel war es ein netter pensionierter Kunsthistoriker, der es total klasse findet, was ich mache. Dort hing das Bild übrigens in einer Bibliothek für Senioren.«

»Und nirgendwo wissen die Senioren oder Gefangenen, daß sie ein Werk aus einem Museum betrachten?« hakte er vorsichtig nach.

»Nein, das ist nicht nötig. Aber sie sehen dennoch die schönsten Formen und Farben der Welt. Gerade die Tatsache, daß *Untitled* wirklich anonym zu sehen ist, ermöglicht dem Betrachter eine authentische Erfahrung.«

Verhooff stöhnte innerlich auf. Sogar die authentische Erfahrung wurde bemüht! Mit dieser Phrase hatte man auf die denkbar billigste Weise das Recht auf seiner Seite.

»Hast du so etwas früher schon einmal gemacht?« fragte er. »Ich meine, ist *Untitled* das erste Kunstwerk, das du ausgetauscht hast?«

»Ja.« Sie hob das Kinn. »Und es wird auch das letzte sein. Dieses Projekt läßt sich nicht wiederholen. Dann wird es eine Masche. Dies ist mein Lebenswerk. Hierauf habe ich hingelebt. Mit diesem Projekt werde ich die Kunst verändern.«

Olde Husink gab ein schnaubendes Geräusch von sich, aus dem tiefe Verachtung sprach. Auch dies schien Emma Duiker nicht zu bemerken.

»Gleichzeitig schreibe ich Geschichte mit diesem Projekt«, fuhr sie fort, »und ich weiß, daß du das auch weißt.« Sie sah ihn eindringlich an.

»Ach ja?« antwortete Verhooff.

Emma legte ihre Hände flach auf die weiße Tischplatte. »Ja. Jeder andere hätte nicht einmal das Gespräch gesucht, sondern wäre sogleich zur Stadt oder was weiß ich welchen anderen Autoritäten gegangen. Und die hätten sofort die Polizei eingeschaltet. Aber du bist hier. Das sagt genug.«

Während sie sprach, hielt sie ihren Blick fest auf ihn

gerichtet, und Verhooff fühlte sich dabei zunehmend unbehaglich, nicht einmal aus moralischen Gründen, sondern – er mußte es sich selbst eingestehen – aus Verlegenheit.

»Jelmer, du bist doch eigentlich auch ein halber Künstler«, sagte sie. »Warum sonst bist du in das Hollands Museum eingezogen? Doch nicht wirklich, um eine Besetzung zu verhindern? Und auch nicht, um einen Mediencoup zu landen, hoffe ich doch. Dein Aufenthalt dort ist eine Art von Performance. Ja, gib es ruhig zu! Wie ich versetzt du Grenzen. Der Direktor, der sich selbst in einen Künstler verwandelt. Jetzt müssen wir nur noch auf einen angesehenen Kunstkritiker warten, der das auch so sieht und darüber schreibt. Ich, *ich* sehe es. Zwischen Schließung und Wiedereröffnung praktizierst du eine Art Einpersonenkunst. Habe ich recht?«

Sie wartete seine Antwort nicht ab. »Ich weiß durchaus, daß neunundneunzig von hundert Menschen der Ansicht sein werden, ich sei eine ordinäre Kunstdiebin. Aber ich muß auf den einen vertrauen, der aus der Gruppe heraustritt und sich nicht um das schert, was die neunundneunzig anderen sagen. Ich spekuliere darauf, daß du dieser eine bist. Und ich hoffe, ich liege mit meiner Spekulation nicht daneben.«

Verhooff fühlte, wie sein Herz pochte. Er wollte etwas sagen, doch ehe er es wußte, legte sie mit einer versöhnenden Geste den Zeigefinger auf ihre Lippen. Als wäre sie die Lehrerin und er ein störrischer Schüler.

»Ich merke es schon.« Sie lachte. »Wenn hier morgen zwei Polizisten vor der Tür stehen, dann habe ich offenbar falsch spekuliert.«

»Alles für die Kunst«, murmelte er.

»Ja, alles für die Kunst. Das müßtest du doch zu schätzen wissen.«

Er verschränkte die Arme. »Gib mir Bedenkzeit«, sagte er.

Mit Olde Husink im Schlepptau ging er zur Tür des Ateliers. Als wäre das so verabredet, tauchen auf der anderen Seite, bei den Schiebetüren, ihre Jungs auf.

Es wurden zum Abschied keine Hände geschüttelt.

Draußen entriegelte Verhooff die Türen seines Volvos per Fernbedienung. Ungelenk zwängte Olde Husink sich auf den Beifahrersitz. Als er am Steuer saß, sagte Verhooff zu ihm: »Hast du dir die letzten drei Fotos auf ihrem Laptop genau angesehen?«

»Wieso?«

»Was hast du gesehen?«

Unwillig schüttelte Olde Husink den Kopf, als würde er verhört. »Nun ja, ich hab nur sehr wenig gesehen. Ich sah dreimal *Untitled*.«

»Das meine ich nicht.« Verhooff manövrierte den Volvo aus der Parklücke. »Es geht um das, was neben *Untitled* zu erkennen war. Eine Schultafel. Und ein Poster. Ein Poster mit Text. Kennst du jemanden, der gut hacken kann? Wir müssen uns Zugang zu ihrem Computer verschaffen.«

4

Es gab die unterschiedlichsten Hacker, erfuhr Verhooff noch am selben Tag. Eine Viertelstunde Surfen im Internet ergab eine imposante Liste niederländischer Hacker, vom klassischen *lone wolf,* der unter auffallend kultivierten Namen operiert, bis hin zu ganzen *hack-communities,* die über ein kompliziertes Netzwerk miteinander verbunden waren. Irgendwo auf einer *social network*-Seite fand er einfach so eine Telefonnummer.

Ein junger Mann ging ran. Verhooff schilderte im Telegrammstil sein Problem. Ob der Bursche vielleicht jemanden kenne, der für ihn in einen privaten Computer eindringen könne?

Darüber mußte der Knabe sehr herzlich lachen.

»In einen privaten Computer? Also nicht in den des Kreml oder Weißen Hauses? Einfach nur ein Privat-Hack? Bitter für dich. Ich verstehe nicht, warum du diese Nummer anrufst. Wenn du eine Tüte Milch kaufen willst, rufst du doch auch nicht bei der Erzeugergenossenschaft an? Oh Mann, für das, was du willst, steigen Hacker nicht mal aus dem Bett.«

»Okay«, sagte Verhooff pikiert, »mein Problem ist also unter deiner Würde. Nun gut. Aber kannst du mir einen Tip geben?«

»Hast du nicht einen Neffen oder Nachbarsjungen, der einigermaßen mit dem Computer umgehen kann? Wegen Kinderkram mußt du zu Kindern gehen.«

Verärgert beendete Verhooff das Gespräch. Er kannte genug Künstler, die für ihre Arbeiten nie etwas anderes als die Tastatur des Computers benutzt hatten – Leinwand, Leinöl und Acrylfarben waren doch etwas für, uah!, gewisse Typen. Er wußte genau, daß viele dieser Künstler in der Lage waren, im Handumdrehen den Computer eines anderen zu hacken, aber er konnte natürlich nicht mit einer solchen Bitte bei ihnen anklopfen.

Verhooff rief seinen älteren Sohn auf dem Handy an.

»Hi Papa.« Wie immer klang seine Begrüßung ein wenig mißtrauisch. Sein Sohn bereitete sich auf etwas Unangenehmes vor. Eine Frage in Sachen Schule. Oder über die Wochenendgestaltung.

»Thomas, kannst du ... kannst du hacken?«

Stille. Er hörte, wie sein Sohn zögerte.

»Nein. Wieso?«

»Kennst du jemanden, der es kann? Und damit meine ich nicht, einfach nur so zum Spaß mal ein bißchen rumprobieren, sondern richtig hacken.«

Nach einigem Hin und Her nannte Thomas einen Namen. Der ältere Bruder eines Klassenkameraden. Ein gewisser Samuel, der Bruder eines gewissen David.

»Tu mir einen Gefallen und bitte David und Samuel, zu mir ins Museum zu kommen. Heute abend noch.«

Thomas stieß ein grummelndes Seufzen aus. »Was sollen wir bei dir?«

Verhooff hatte keine Lust, mit einer ehrlichen Antwort eine Bresche in die Mauer aus Teeniezynismus zu schlagen, die am anderen Ende der Leitung errichtet wurde.

»Sag Samuel, daß er sich hundert Euro verdienen kann. Und David kriegt fünfzig, weil er Samuels Bruder ist. Und du kriegst auch fünfzig, weil du dafür sorgst, daß Samuel mir hilft. Okay?«

Eine Weile war es still.

»Also gut«, sagte Thomas erschöpft.

Wie sich zeigte, war der fünfzehnjährige Samuel ein gedrungener Bursche, der einen halben Kopf kleiner war als Verhooffs fast vierzehnjähriger Sohn. Samuel hatte Übergewicht, trug aber die Jeans wie sein Bruder David und Thomas auf halber Hinternhöhe. Darüber war eine Unterhose zu sehen, auf deren Gummibund »Björn Borg« stand. Wenn Thomas sich bückte, kam es Verhooff so vor, als hinge dessen Jeans weit unter dem Hintern.

Samuel holte seinen Laptop, einen Acer, aus einer Stofftasche.

Verhooff sagte: »Mach's am besten gleich hier auf meinem Apple. Wäre das okay?«

»Ich soll also nur eine Adresse hacken?« fragte Samuel. »Ist es eine Hotmailadresse?«

»Ja.« Verhooff wußte nicht, ob das ein Vor- oder Nachteil war, doch Samuel sagte: »Oh, das ist gut. Das macht es wirklich hammereinfach.«

Samuel tippte auf seinem Laptop herum. »Nun, am einfachsten wäre es ...« Es folgte ein Vortrag, bei dem Verhooff bereits nach Samuels zweitem Mausklick und drittem *cut-and-paste* den Faden verlor.

Es lief darauf hinaus, daß Samuel eine *fake*-Adresse einrichtete. Diese Adresse gehörte zu einem angeblichen Webhost von Hotmail. Unter dieser falschen Identität, von Samuel server_208a@hotmail.com genannt, wurde eine Nachricht an Emma verschickt. In diese Nachricht setzte Samuel eine von einem echten Hotmailserver kopierte Warnung vor gehackten Paßwörtern. Das E-Mail schloß mit der Bitte, ein neues Paßwort einzugeben. Wenn Emma antwortete, schickte sie das neue Paßwort automatisch an server_208a@hotmail.com.

»Wenn die Nachricht ankommt, denkt der Typ, Hotmail würde vor Hackern warnen. Und dann gibt er ein neues Paßwort ein, das dann hier an diese Adresse geschickt wird. Sie müssen nur ab und zu das Postfach dieser neuen Hotmailadresse checken. ›Phishing‹ nennt man das. Aber es gibt auch noch andere Wege. Soll ich Ihnen die zeigen?«

»Ich denke, wir belassen es bei dieser einfachen Methode.« Verhooff ging davon aus, daß Emma in Computerdingen weniger bewandert war als dieser Fünfzehnjährige.

»Sind Sie sicher?« fragte Samuel. »Das wäre ziemlich wenig Arbeit für hundert Euro.«

»Wenn es nicht funktioniert, kommst du einfach wieder.«

Samuel nickte pflichtbewußt.

»Wollt ihr die leeren Säle sehen?« fragte Verhooff. »Es ist phantastisch, wirklich. Thomas war vor einer Weile mit seinem Bruder in allen Sälen.«

Ein Seufzer des Widerwillens entschlüpfte seinem Sohn. Verhooff verstummte abrupt.

»Papa, wir rocken los«, sagte Thomas nachdrücklich.

Verhooff gab es auf, seine joviale Gastfreundlichkeit zu demonstrieren. Die drei Burschen waren weniger als zwanzig Minuten in seinem einzigartigen »Loft« gewesen, in dem ihnen offenbar nichts Besonderes aufgefallen war. Es war noch nicht mal halb neun.

Später am Abend checkte Verhooff wiederholt die von Samuel eingerichtete Hotmailadresse, und beim vierten Mal fand er eine Antwort von Emma. Sie war in die Falle gegangen.

Um halb zwei in der Nacht gab Verhooff ihr neues Paßwort ein. Exakt wie der fünfzehnjährige Instrukteur ihm erklärt hatte, erhielt er ohne Umwege Zugang zu ihrem E-Mail-Konto und hatte Zugriff auf die eingegangenen, die verschickten und sogar auf die gelöschten Nachrichten. Es waren Hunderte. Verhooff fand in der Liste den Namen desjenigen, dessen Mail sie am Nachmittag geöffnet hatte. Sie stammte von einem gewissen Rabotnik4000.

Bald darauf hatte er die Fotos, die Emma ihm in ihrem Atelier im Eiltempo gezeigt hatte, auf seinem Bildschirm. Verhooff druckte sie aus und schaute sich dann die letzten drei genauer an. Er vergrößerte sie, kopierte Ausschnitte heraus und druckte diese ebenfalls aus.

Auf dem letzten der drei Fotos war rechts neben *Untitled* ein schmaler mattgrauer Streifen zu sehen. Das war die Schultafel. Auf ihr war nichts mit Kreide gezeichnet oder geschrieben. Aber zwischen der Tafel und *Untitled* hing ein Plakat, und auch das hatte er vergrößert. Darauf waren, wie Verhooff nun erkannte, zwei Masken wie aus *Das Phantom der Oper* abgebildet. Darunter standen einige Worte in einer vermutlich slawischen Sprache:

Vasko nedejo ad 14:00 do 16:00 kulturno
popoldne v Novern Mestu

Verhooff googelte die letzten beiden Wörter. »Novern Mestu« war anscheinend eine Flexionsform des Ortsnamens Novo Mesto, und der zweite Eintrag führte ihn bereits zum Wikipedia-Artikel über die Stadt. Novo Mesto war eine Kleinstadt in Slowenien. Auch so ein Land, an das er noch nie einen Gedanken verschwendet hatte. Mit Hilfe der Übersetzungsfunktion bekam er eine niederländische Version des Satzes. Es ging irgendwie um einen allwöchentlichen Kulturnachmittag, um eine offene Bühne und ein Kulturzentrum. Verhooff legte mit einer liebkosenden Geste eine Hand auf den oberen Rand des Computerbildschirms. Der Rothko war fast schon wieder in seinem Besitz.

5

»Gibt es nicht auch Schultafeln in Behörden?« fragte Olde Husink und schaute sich dabei den Ausdruck des Fotos an. »Oder, ich nenne nur ein Beispiel, in Fahrschulen?«

Verhooff nahm dem Restaurator das A4-Blatt aus der Hand und legte es in eine Aktenmappe.

»Klar«, sagte er. »Schultafeln können auch in Bordellen und Fahrradkellern hängen. Aber die Wahrscheinlichkeit ist nicht ganz so groß. Außerdem kennen wir dank des Plakats den Standort des Kulturzentrums. Da kann man uns bestimmt sagen, wo die Plakate überall aufgehängt wurden. Eine kleine Stadt, wenige Plakate. Ich fahre einfach hin. Alles kein Problem.«

»Gibt es keine Alternative?« fragte Olde Husink.

»Als da wäre?« erwiderte Verhooff.

Olde Husink rückte an den Tisch heran und seine Körperhaltung straffte sich. »Wir informieren die niederländische Botschaft. Die nimmt Kontakt mit der örtlichen Polizei auf. Dort verfügt man über das nötige Wissen, um anhand dieser Fotos den Ort zu bestimmen. Die Polizei bringt *Untitled* zur Botschaft. Wir beauftragen die Firma Hiskia van Kralingen, die macht sich auf den Weg in die Hauptstadt des Landes und transportiert *Untitled* dann sicher wieder nach Amsterdam.«

»Und dann stürzt sich doch noch die gesamte niederländische Presse auf die Sache«, sagte Verhooff. »Oder hältst du es für ausgeschlossen, daß nicht wenigstens ein Diplomat oder Beamter seine *finest hour* in den Medien erleben will? Und außerdem: Wie willst du einer Firma wie Hiskia van Kralingen oder einem anderen Spediteur erklären, daß sie halblegal ein millionenteures Werk von Mark Rothko zurückbringen sollen? Das geht selbstverständlich nicht. *Untitled* ist anonym nach Slowenien gelangt, und wir holen das Bild ebenso anonym zurück.«

»Wer ist ›wir‹?« wollte Olde Husink argwöhnisch wissen.

»Du und ich. Das weißt du genau«, antwortete Verhooff, ohne eine Sekunde zu zögern. »Ich habe Wendy bereits angerufen. Am Flughafen von Amsterdam liegen zwei Tickets für uns bereit.«

Olde Husink erstarrte. »Ich reise nicht.«

»Ja, ja. Diesmal aber schon«, sagte Verhooff. »Wir fliegen morgen. Schließlich brauchen wir etwas Zeit, um unsere Sachen zu packen.«

Der Restaurator trommelte geräuschlos mit den Fingern seiner linken Hand auf dem rechten Ärmel seines Jacketts. »Verstehst du nicht, was ich sage?« stieß er hervor. »Ich reise nicht. In meinen Arbeitsvertrag wurde extra eine Klausel aufgenommen, die besagt, daß bei Ausleihe oder technischer Untersuchung eines Kunstwerks immer jemand anderes aus der Abteilung Konservierung und Erhalt die Reise übernimmt. Nicht ich. Ich reise nicht.«

Verhooff lehnte sich in seinem Chefsessel zurück. »Warum eigentlich nicht? Angst vor dem Reisen?«

»Nenn es, wie du willst. Ich selbst werde das Ganze nicht mit einem Etikett versehen. Warum sollte ich Angst vor etwas haben, das zu tun ich nicht bereit bin? Andere betreiben keinen Sport. Oder sie tanzen nicht. Haben die Sport- oder Tanzangst? Ich reise nicht.«

Verhooff seufzte. »Herman, ein Kleinod des Hollands Museums verkümmert an einem Ort, an dem du möglicherweise nicht einmal tot überm Zaun hängen willst. Welche Folgen hat das für das Werk? Wie wird der Raum klimatisiert? Es gibt nicht einmal eine Klimaanlage! Der Rothko verschimmelt, verdreckt, verwelkt, ver...«

»Einverstanden!« sagte Olde Husink mit erhobener Stimme, als fühlte er den Schimmel durch seinen Körper jagen. »Einverstanden. Mit den richtigen Medikamenten geht es vielleicht.«

Verhooff nickte. Er war auf Olde Husinks fachmännisches Urteil angewiesen. Einen Moment dachte er an die Medikamente. Es bedeutete ein gewisses Risiko, mit einem Kranken auf Reisen zu gehen.

»Das wäre also geregelt«, sagte Verhooff. »Das Flugzeug nach Ljubljana startet morgen um zehn nach eins. Vergiß deinen Paß nicht.«

6

Die alte Innenstadt von Ljubljana war eine neue Innenstadt. Kommunistische Architektur war umgebaut und neu verputzt oder mit dem Preßlufthammer plattgemacht worden, und alles an dieser neuen alten Innenstadt wollte gemütlich und behaglich sein. Verhooff und Olde Husink hatten im Hotel Lev eingecheckt, dem einzigen Fünf-Sterne-Hotel im Zentrum. Wendy hatte zwei Zimmer für sie reserviert. Und während Ljubljana draußen ihr munteres Dirndl sittsam am Knie enden ließ, diskutierte Verhooff drinnen mit dem Portier, der ein wurmstichiges Englisch sprach, über Möglichkeiten, mit einem Taxi nach Novo Mesto und wieder zurück zu fahren. Verhooff fragte sich, was Emma bewogen haben mochte, *Untitled No. 18* irgendwo in der Nähe dieser Puppenhausstadt auszustellen. Auf dem Weg vom slowenischen Flughafen Brnik hatte er sich rasch über das Land informiert. Slowenien grenzte zwar an Kroatien, doch der Krieg vor fünfzehn Jahren war an dieser Miniatur-Schweiz des Balkans spurlos vorübergegangen.

Schräg gegenüber dem Hotel Lev, das an einem makellosen Platz und einem ebensolchen Park lag und an hellblau und rosafarben gestrichene Häuser grenzte, stand eine Reihe Autos, und neben jedem Auto stand eine gedrungene Gestalt in Hemdsärmeln. Das seien Fahrer ohne Taxilizenz, hatte der Portier ihnen in seinem Honkytonkenglisch erklärt, mit denen sollte man sich besser nicht einlassen, obwohl sie außer Chauffeur auch gerne noch Fremdenführer und Reiseleiter spielten.

Genau so jemanden brauchten Olde Husink und Verhooff. Jemanden, der sie nicht nur fuhr, sondern sie auch als eine Art Mädchen für alles auf ihrer – zweifellos einfachen – Suche nach dem Kulturzentrum in Novo Mesto begleitete.

Als Olde Husink und er kurze Zeit später am Hoteleingang unschlüssig herumlungerten, löste sich aus der Gruppe der illegalen Taxifahrer sogleich ein junger blonder Mann, der einen Kopf größer als die übrigen war. Der Bursche erklärte ihnen, er wolle gern zu einem günstigen Preis ihr Fremdenführer sein, um dann eine Eloge auf die Schönheiten des Landes herunterzurattern. Er sprach bedeutend besser Englisch als der Mann an der Hotelrezeption, auch wenn es ab und zu durch ein slowenisches Wort unterbrochen wurde, das wie ein unterdrückter Niesanfall klang.

»Wir interessieren uns vor allem für das Städtchen Novo Mesto. Das scheint die Kulturstadt Sloweniens zu sein.« Um den Kandidaten für den Fremdenführerjob nicht zu brüskieren, hatte Verhooff seinen englischen Akzent ein wenig angepaßt. Es war nie hilfreich, wenn man andere in Sachen Sprachbeherrschung übertraf.

Doch auf dem Gesicht des blonden Burschen erschien ein Leuchten.

»Aha, ich dachte es mir schon«, sagte er auf niederländisch. »Holländer! Wie schön! Meistens sehe ich es sofort, aber wenn man im Zweifel ist, spricht man besser erst einmal Englisch. Wissen Sie, es kommen jedes Jahr mehr Holländer nach Ljub. Wirklich, die Holländer entdecken allmählich das Land. Ich selbst wohne seit drei Jahren hier, ich habe eine slowenische Freundin, und so bin ich hier gelandet.«

Verhooff schaute kurz zu Olde Husink hinüber. Ob man sich nun etwas weniger eloquent auf englisch äußerte oder nicht, es war keinesfalls angenehm, sogleich als »Holländer« identifiziert zu werden. Der Restaurator zeigte sich ungewohnt amüsiert. Von dessen Reiseangst hatte Verhooff übrigens kaum etwas bemerkt, was aber auch an den Medikamenten liegen konnte, die Olde Husink vor und während des Flugs eingenommen hatte.

Der blonde Bursche wiederholte seine Eloge, die er zunächst auf englisch angestimmt hatte, diesmal auf niederländisch. Undeutlich schwang irgendwo ein nordholländischer Dialekt mit. O- und E-Laute suchten sich tief aus der Kehle einen Ausweg und gelangten schließlich als Au- und Eu-Laute ins Freie. Dieser junge Mann war vermutlich von den westfriesischen Tulpenfeldern in Richtung Balkan katapultiert worden.

»Wir interessieren uns also hauptsächlich für Novo Mesto.«

»Ach ja«, sagte der Bursche. »Das ist weniger als eine Dreiviertelstunde mit dem Auto von hier entfernt.«

»Wieviel nimmst du pro Tag?«

Kurz wallte ein Nebel im Blick des jungen Mannes auf, er schaute einen Moment lang dümmlich ins Nichts und sagte dann mit einer Stimme, die jetzt eine halbe Oktave tiefer war: »Nun ja, ich dachte an rund dreißig Euro.«

Verhooff tat, als zögerte er noch.

»Trinkgeld ist mit inbegriffen«, fügte der Blonde noch hinzu.

»Einverstanden. Du kommst wie gerufen.«

Der junge Mann hieß Edo Veerkamp, und er fuhr einen dunkelblauen Toyota Corolla. Den hatte er von der Firma seines zukünftigen Schwiegervaters geleast, der außer in Ljubljana auch in der Stadt Maribor eine Import-Export-Firma hatte. Die Ausfuhr von slowenischen Weinen stieg wegen des günstigen Preisniveaus im Vergleich zu Italien und Frankreich jedes Jahr. Was ihr Fremdenführer sonst noch so in begeistertem Ton berichtete, drang kaum zu Verhooff durch. Ihn beschäftigte vielmehr die Frage, inwieweit er den Jungen in den wahren Grund ihrer Expedition nach Novo Mesto einweihen sollte. Er konnte kaum bei der Behauptung bleiben, Olde Husink und er seien einzig und allein aus Interesse an der slowenischen Kunst im Land. Als sie schließlich im Toyota auf dem Weg nach Novo Mesto waren, holte er nach einer knappen Viertelstunde den Ausdruck hervor, auf dem *Untitled*, das Plakat und der Streifen der Schultafel zu sehen waren. Er legte das Blatt auf das Armaturenbrett, genau in die Mitte zwischen sich und den jungen Mann.

»Edo, wir fahren nach Novo Mesto, um dieses Gemälde abzuholen.«

Der Fahrer warf einen Blick auf das A4-Blatt.

»Das kenne ich«, sagte er. »Die wäßrigen Farbfelder. Wie heißt der Typ gleich wieder? Mein Bruder hat zu Hause ein Poster von ihm an der Wand.«

»Dein Bruder interessiert sich für Kunst?« fragte

Verhooff. Es erschien ihm besser, den Namen Rothko, wenn es irgendwie ging, nicht zu erwähnen.

»Nein, das nicht«, sagte Edo. »Er hat das Poster mal zu seinem Geburtstag bekommen, von einer Freundin. Typisches Frauengeschenk. Würde undankbar wirken, wenn er es nicht aufgehängt hätte.«

»Kannst du Slowenisch lesen?« fragte Verhooff. »Hier steht etwas von einem Kulturzentrum.« Er deutete auf die Wörter auf dem Plakat neben dem Rothko.

Ohne die Fahrt zu verlangsamen, nahm Edo den Ausdruck vom Armaturenbrett und hielt ihn sich vor das Gesicht. »Mann, sind das kleine Buchstaben«, konstatierte er, »aber da steht ›Kulturzentrum Die Orchidee‹. Und darunter die Adresse.«

»Prima. Da wollen wir hin. In diesem Kulturzentrum weiß man vielleicht, in welchem Gebäude das Bild hängt. Und wenn sie uns nicht gleich Auskunft geben können, dann haben wir dich als Dolmetscher, um ein paar zusätzliche Fragen stellen zu können.«

»Ach, die meisten Leute hier sprechen sehr gut Englisch«, sagte Edo aufgeräumt. »Ich tippe die Adresse sofort ins Navi.«

Bereits eine halbe Stunde später bog Edo in die Jerebova Ulica, die Straße, die auf dem Plakat genannt war.

Novo Mesto war eine Miniaturausgabe von Ljubljana. In einem ordentlich geharkten Park schoben breithüftige Frauen große, hohe Kinderwagen vor sich her. Auch hier waren viele Wohnblocks pastellfarben. Eine Stadt, die den ganzen Tag eifrig dabei war einzunicken.

Auf beiden Seiten der Straße standen pastellfarbene Jugendstilhäuser, dazwischen hier und da ein kleiner Laden oder ein grauer Kasten aus den Zeiten von Tito. Das Kulturzentrum war nicht größer als ein durchschnittliches Wohnhaus, und als Verhooff an der Tür klingelte und eine Frau mit großer blauer Designerbrille öffnete, glaubte er für einen Moment, sich geirrt zu haben. Doch nach einigen einleitenden Worten, die Edo auf Slowenisch sprach, stellte die Frau sich vor (mit einem Namen, den Verhooff nicht sogleich verstand; Edo mußte ihn wiederholen: Tuzovic) und sagte dann in makellosem Englisch, bei der Einrichtung handle es sich mehr um ein Nachbarschaftszentrum mit kulturellen Aktivitäten für Menschen aus der Umgebung, jung und alt. »Unter anderem gibt es Puppentheater, Laienschauspiel und am Sonntagnachmittag eine offene Bühne.«

»Dann können Sie uns vielleicht sagen, wo dieses Plakat hängt.«

»Ach, wollen Sie nicht kurz hereinkommen?« Frau Tuzovic – Verhooff schätzte, daß sie ungefähr ebenso alt war wie er – ging vor ihnen her durch einen breiten Flur, der zu einem großen Raum mit rotem Linoleumboden führte.

»Hier gibt eine ehrenamtliche Mitarbeiterin dreimal die Woche Yogakurse.«

Frau Tuzovic bestand darauf, sie herumzuführen, und erst im vierten oder fünften Raum, einem quadratischen Zimmer mit hölzernen Tischen und Stühlen wie in einem dahinsiechenden Teehaus, ließ sie sich dazu herab, den Ausdruck zu betrachten. Frohgemut rieb sie die Hände an ihrem langen, weiten Kleid, schob danach mit dem Daumen die herabrutschende Brille wieder hoch auf den Nasenansatz und kniff die Augen ziemlich zusammen, ehe sie einen kurzen Erkennungsschrei ausstieß.

»Ach, das ist doch hier ein Stück die Straße runter. Ich habe das Plakat selbst aufgehängt, im Klassenzimmer unserer Schule für lernbehinderte Kinder. Die Schüler machen von unserem Forum so dankbar Gebrauch. Wie Sie vielleicht wissen, steht ein geistiges Handicap der Kreativität nicht unbedingt im Weg.«

Als sie wieder draußen waren, wies Frau Tuzovic ihnen hilfsbereit den Weg. Einfach nur die Straße hinuntergehen, und dann fänden die drei Herren das schöne Schulgebäude ganz von allein.

Es war schon weit nach fünf, und folglich war die Schule längst aus. Alle lernbehinderten Kinder hatten das Schulgebäude bereits verlassen, doch nach einer kurzen Begrüßung durch einen freundlichen Hausmeister erschien erneut eine Dame mit Brille, um ihnen Auskunft zu geben. Sie hieß José Zaitz und war, wie sich herausstellte, die Direktorin der Schule. Frau Zaitz trug eine Caprihose und »bequeme Schuhe« ohne nennenswerten Absatz und mit breiten, rundlichen Vorderkappen. Interessiert betrachtete sie den Ausdruck und anschließend die Unterlagen und Eigentumsnachweise. Frau Zaitz strahlte, als ihr bewußt wurde, daß in ihrer Schule das Werk eines berühmten Cracks hing.

»Lernbehindert« erwies sich auch hier als ein Euphemismus für »geistig behindert«, was seinerseits wiederum ein Euphemismus für »minderbemittelt« war, und von dort gelangte man zu den Ausdrücken, an denen vor langer Zeit niemand Anstoß nahm, die aber inzwischen ziemlich abfällig klangen: Der Rothko hing in einem Klassenzimmer für schwachsinnige und debile Kinder. In der Schule beschäftigten diese Kinder sich vor allem mit Singen, Tanzen, Basteln und anderen pädagogisch sinnvollen Tätigkeiten, bei denen sie, soviel wußte Verhooff darüber, in der Regel eine Freude empfanden, die Kinder am anderen Ende des IQ-Spektrums durchaus schon mal vermissen ließen.

Die Direktorin ging vor ihnen her durch einen Flur, der auf einer Seite hohe Fenster hatte. Neben der Schultafel und genau über einem kleinen Waschbecken hing dort *Untitled No. 18*. Der Wasserhahn am Becken war undicht, liebreizende Tropfgeräusche hallten durch den Raum. Verhooff schaute auf den Rothko. Und er schaute noch einmal. Ihm war, als marschierte sein Herz im Vierviertaltakt vor ihm her.

Verhooff nickte Olde Husink kurz zu. Der Restaurator wirkte tatsächlich einen Moment lang gerührt. Hier in diesem Klassenraum hing einfach so wahre Schönheit, unerwartet und unverhohlen. Von draußen drang Verkehrslärm herein, Frau Zaitz drehte verstohlen den Wasserhahn zu und sprach von Dingen, die jetzt ganz und gar nicht mehr zu Verhooff durchdrangen, doch Stimmenklang und Autogeräusche konnten den Eindruck nicht verdrängen, daß *Untitled No. 18* einer klösterlichen Stille Form verlieh, bescheiden und beschützt, eine auf der Leinwand versammelte Stille, die – je länger der Blick auf die Farben geheftet blieb – intensiver und vertrauenerweckender wurde, ein Werk wie eine barmherzige Gestalt, ein gerahmtes kleines Paradies, das es vermochte, der Welt alles Chaos und alles Getöse zu nehmen, und das einem dafür das Gleichgewicht einer tröstenden Stille schenkte, einer Stille, die im zartesten und wärmsten Rot aufglühte, kontrastiert mit einem Quadrat aus *blue velvet,* und um das Rot und Blau herum ein aufleuchtendes Gelb, das vor der Leinwand zu schweben schien, ein Gelb, so ätherisch und transparent und zugleich so intensiv, daß in ihm die Vermutung aufkam, Mark Rothko habe hier – und die großen Worte funkten in seinem Gemüt auf wie ein zur Unzeit gezündetes Feuerwerk – die Seele der Sonne malen wollen oder das, was man noch von der Sonne sehen kann, wenn man ein wenig zu lange in sie hineinsieht, und zwar genau in dem Moment, in dem man die Augen schließen muß und hinter den Augenhöhlen allerlei Farbkugeln und -funken explodieren.

Verhooff wandte sich ab und tat so, als schaute er nach draußen, denn Tränen drohten ihm in die Augen zu schießen. Emma Duiker konnte mit all ihrem handwerklichen Geschick zwanzig Rothkos kopieren, doch dieses aufglühende Nichts konnte natürlich niemand jemals wiederholen. Gleichzeitig aber konnte er seine Bewunderung für das, was Emma Duiker als ihre »Mission« bezeichnet hatte, nicht verhehlen: Großartige Kunst an stillen Orten gedeihen zu lassen, so daß die Masse nicht länger zur Kunst aufschauen mußte, eine Masse, die in vorprogrammierter Bewunderung durch ein Reservat namens Museum schlurft. Der heiliggesprochenen Spitzenkunst die »menschliche Dimension« wiedergeben – wenn dabei nicht so viele Millionen mit im Spiel wären, steckte darin viel Gutes.

»Hängt es dort nicht in der prallen Sonne?« fragte Olde Husink Frau Zaitz auf englisch.

»An schönen Tagen scheint die Sonne am späten Nachmittag auf das Kunstwerk«, erwiderte die Direktorin freudig. »Dann wird das Rot auf der Leinwand noch dunkler als sonst, so rot wie eine Rose in voller Blüte.«

Olde Husink unterdrückte ein kurzes Aufstöhnen. »Wäre es nicht ratsam, das Bild an einer weniger sonnigen Stelle aufzuhängen?« fragte er.

Frau Zaitz deutete begeistert auf den Eingang zum Klassenraum.

»Zuerst hat es neben der Tür gehangen, und auch ein wenig tiefer«, sagte sie. »Unsere Kinder sind sehr taktil veranlagt, das wissen Sie vielleicht. Und sie mochten das Bild von Anfang an sehr. Manche wollten es gerne streicheln. Ist das nicht außergewöhnlich? Aber der Hausmeister entdeckte rechts unten zwei Fingerabdrücke aus Schokolade. Das muß nun ja auch nicht unbedingt sein. Er hat die Flecken gründlich beseitigt, mit einem Lappen und etwas warmem Wasser. Die Kinder in der Klasse haben das Gemälde auch nachgezeichnet und nachgemalt. Wollen Sie die Bilder sehen?«

Olde Husink schien scheibchenweise zu zerfallen. »Vielleicht beim nächsten Mal?« bat er.

Diese Frage erinnerte Verhooff daran, daß es ein »nächstes Mal« auf gar keinen Fall geben durfte. Inzwischen betrachtete er *Untitled* mit ganz anderen Augen: Die Leinwand schien ihm auf einmal mit lauter Stempeln von Schokoladenfingern bedeckt zu sein. Er öffnete seine Aktentasche, nahm die Unterlagen des Hollands Museums heraus und breitete die *Untitled No. 18* betreffenden Eigentumsnachweise auf dem erstbesten Schülerpult aus.

»Wir arbeiten für das Hollands Museum in Amsterdam.« Es erschien ihm besser, nicht zu erwähnen, daß er der Direktor des Museums war. »Dieses Gemälde ist Eigentum des Museums. Auf unbeabsichtigtem Wege ist es in diesen Raum gelangt. Wir hoffen, Sie helfen uns dabei, dieses Kunstwerk wieder zurück nach Amsterdam zu bringen.«

Das hörte sich an, als sei der Rothko aus eigenem Willen und auf eigenen Füßen in die Welt hinausgegangen – doch das machte nichts; was er sagen wollte, war deutlich.

Edo Veerkamp mischte sich in das Gespräch. »Ich übersetze das vorsichtshalber rasch ins Slowenische.«

Frau Zaitz war das Rothkosche Rot auf die sanften Wangen geflogen. Sie suchte nach Worten, die ihr häppchenweise entfuhren.

»Das ist ... keine kleine Bitte. Ich müßte jedoch vorher ... Sie entschuldigen mich.« Frau Zaitz wandte sich nun auf slowenisch an Edo, der auflebte und nickend seinen Blick auf den Mund und die Augen der Frau gerichtet hielt. Er schaute dabei, als wollte er am liebsten jedes ihrer Worte mit der Pinzette von ihren Lippen pflücken, um sie anschließend unter ein Vergrößerungsglas zu legen.

»Frau Zaitz sagt, sie könne das Gemälde nicht einfach so aus der Hand geben. Sie habe einem Kunststudenten aus Ljubljana versprochen, gut darauf zu achten. Sie schlägt vor, daß wir morgen wiederkommen.«

»Das geht leider nicht«, sagte Verhooff auf niederländisch zu ihm, und fuhr dann, an Frau Zaitz gewandt, auf englisch fort: »Vielleicht wollen Sie sich anhand dieser Unterlagen davon überzeugen, daß dieses Bild unserem Museum gehört.« Er deutete auf die Katalognummer in den Akten.

Olde Husink, der neben ihm stand, öffnete seine Herrenhandtasche und nahm zwei weiße Handschuhe heraus.

Unwillkürlich wich Frau Zaitz einen Schritt zurück, als fürchtete sie, Olde Husink habe finstere Absichten mit ihr. Mit lauter Tönen, die an Husten und Räuspern erinnerten, wandte sie sich an Edo.

»Frau Zaitz sagt, in dieser Sache müsse sie zuerst eine Besprechung einberufen«, übersetzte er schließlich. »Sie könne uns das Bild nicht einfach so mitgeben.«

Verhooff erhaschte einen hilflosen Blick von Olde Husink, der, behandschuht und bereit, zweifelte, ob er das Bild von der Wand nehmen sollte.

Wie konnte das Hindernis »Besprechung« aus dem Weg geräumt werden, ohne Frau Zaitz vor den Kopf zu stoßen? Wann hatten Besprechungen eigentlich Eingang in das menschliche Verhalten gefunden? Wer etwas nicht konnte, wollte oder wagte, der versetzte seine direkte Umgebung einfach in ein Vakuum, indem er das B-Wort in den Mund nahm. Der Mensch denkt immer, die Welt würde infolge von Terror, Massenvernichtungswaffen oder Rassenhaß untergehen – während man einander gleichzeitig mit permanenten Besprechungen in den Abgrund stürzt.

Verhooff gewann mühsam seine Fassung wieder und sagte zu Edo: »Könntest du Frau Zaitz sagen, wir seien nur zwei Tage in Slowenien? Und daß wir das Problem gern lösen würden, ohne die nationalen Autoritäten über den Raub und den Fundort des Rothko zu informieren?«

Edo und Frau Zaitz zogen sich wieder in ihr Zelt aus Husten- und Räuspertönen zurück.

»Der Punkt ist«, faßte Edo kurze Zeit später zusammen, »daß Frau Zaitz das Gefühl hat, man setzt ihr die Pistole auf die Brust. Diesen Ausdruck benutzte sie nicht wortwörtlich, auf slowenisch sagte sie in etwa ›man steckt mich in einen runden Raum und befiehlt mir, mich in eine der Ecken zu stellen‹, was, wie ich finde, ein sehr schöner Ausdruck ist, aber ...«

»Schon gut«, unterbrach ihn Verhooff. Er fragte sich, was die Direktorin unternehmen könnte, wenn er mit dem Rothko unter dem Arm seelenruhig das Gebäude verlassen würde.

Frau Zaitz schien seine Gedanken zu erraten. Auf englisch fügte sie hinzu: »Jede Schule in Slowenien hat einen Hausmeister, der gleichzeitig auch für die Sicherheit zuständig ist. Außerdem kann ich den Lehrkörper herbeirufen.«

Sie schien ein wenig verblüfft ob ihrer Entschlossenheit.

»Das ist wirklich nicht nötig, Frau Zaitz«, sagte Verhooff mit einem Lächeln, und er machte eine kurze Geste in Richtung Olde Husink.

Widerwillig zog dieser die Baumwollhandschuhe aus. Seine langen dünnen Finger boten unerwartet einen unheimlichen Anblick, vor allem als er, wie ein Pianist kurz vor dem Konzert, seine Finger »lockerte«, indem er mit ihnen in der Luft klimperte. Vielleicht steckte in jedem Restaurator ein hartnäckiger Misanthrop. Es waren schließlich fast immer »die Menschen«, die die Kunstwerke verschmutzten. Auf einem Symposium in Köln hatte ein Restaurator des Prado ihm einmal erklärt, wie sich die Luftfeuchtigkeit in einem Museumssaal veränderte, wenn mit einem Schlag eine dreißigköpfige Gruppe hereinkam, die kurz zuvor von einem Regenschauer überrascht worden war. Von ihrer Kleidung stieg ein solcher Dampf auf, daß man die Kunstwerke wirklich davor beschützen mußte; man konnte ebensogut einen nassen Lappen gegen die Leinwand werfen. Für jemanden, der in der Abteilung Konservierung und Erhalt arbeitete, war der ideale Museumssaal vermutlich einer, in dem sich keine Menschenseele den restaurierten Werken näherte. »Für Publikum geschlossen« – es würde ihn nicht wundern, wenn dieser Satz Olde Husink zum Schwärmen bringen könnte.

»Ich schlage vor, Sie kommen morgen nach Schulschluß wieder«, sagte Frau Zaitz. »Dann können wir weiterreden, in Anwesenheit des Vorsitzenden der Schulverwaltung.«

Und damit war für sie die Sache vorläufig beendet. Verhooff sah ein, daß eine weitere Diskussion sinnlos war.

Olde Husink steckte die Handschuhe wieder in die Tasche und sagte: »Können wir sie nicht zumindest bitten, *Untitled* irgendwo anders aufzubewahren? Hier hängt das Bild in der prallen Sonne. Da kann man es ebensogut gleich auf einen Grill legen.«

Verhooff hatte keine Lust auf ein weiteres mehrsprachiges Scharmützel mit der geplagten Direktorin. »Wir gehen. Ich erzähle dir gleich, was wir nun unternehmen werden«, sagte er, obwohl er nicht einmal die Spur einer Idee hatte, wie es nun weitergehen könnte.

7

Als sie draußen waren, machte Olde Husink ihm sofort einen Vorwurf, und wie so oft äußerte er diesen in Form einer Frage.

»Hätte ein Anruf in der Botschaft nicht möglicherweise Eindruck auf die Frau gemacht?« Er fragte dies, noch ehe sie wieder in Edo Veerkamps Toyota gestiegen waren.

»Puh«, sagte Edo grübelnd, »das hatte ich nicht erwartet.« Er öffnete seinen beiden Kunden die Wagentür.

»Was hast du denn erwartet?« fragte Olde Husink.

Kurz schien es, als sei der junge Mann erschrocken. Es war das erste Mal, daß sich der Restaurator direkt an ihn wandte.

»Nun ja, wie soll ich sagen«, erwiderte er locker. »So wie ich die Slowenen kenne, hatte ich etwas mehr Entgegenkommen von Frau Zaitz erwartet. Man darf nicht vergessen, daß die Slowenen ihren Wohlstand Geschäftssinn und Pragmatismus verdanken. Nehmen wir zum Beispiel den Balkankrieg: Schön auf Distanz bleiben, sich nicht einmischen und zugleich das Portemonnaie geschlossen halten. Nach dem Motto: Klein machen und zusammenrücken, gemeinsam stehen wir das schon durch. Und dann so tun, als wäre man verwundert, wenn sich die Nachbarn die Köpfe einschlagen. Das Ganze erinnert ein wenig an unser niederländisches Poldermodell, allerdings mit einem sehr viel größeren Gesprächsaufwand. Aber Frau Zaitz hat nicht so reagiert wie üblich. Damit hatte ich nicht gerechnet.«

Mit dieser Antwort schien Olde Husink leben zu können.

»Wie viele Besprechungen könnte diese Geschichte in Anspruch nehmen?« fragte Verhooff Edo später.

Sie waren inzwischen wieder auf der Autobahn unterwegs. Im Nullkommanichts hatten sie das Stadtzentrum hinter sich gelassen, und auf beiden Seiten der Straße zeigten sich nun austauschbare Firmengelände: viele Lagerhallen, viele Grautöne, viele Parkbuchten, viele Reklamesäulen.

»Warum sollten wir uns das Leben schwer machen?« fragte Olde Husink. »Wir können doch auch hierbleiben. Heute nacht schlägst du ein Fenster ein, klemmst dir den Rothko unter den Arm, und die Sache ist geritzt. Eine Frage der Gerechtigkeit.«

Verhooff traute seinen Ohren nicht. Das war eine hervorragende Idee.

»Würdest du das nicht übernehmen wollen, Edo?« fragte er. »Ich würde dir dafür auf jeden Fall ein großzügiges Honorar zahlen.«

Wie an einer Lotleine herabgelassen, senkte sich eine neue Art der Stille auf die Insassen des Wagens.

»Das scheint mir kein guter Plan zu sein«, sagte der junge Mann schließlich. »Was glauben Sie, was das hier ist? Eine Bananenrepublik? Nachmittags komme ich mit zwei Typen aus den Niederlanden in die Schule, und wir reden über das Gemälde dort. Und am nächsten Tag wurde eben dieses Bild gestohlen. Innerhalb von drei Stunden steht die Polizei bei mir vor der Tür, während Sie im Flugzeug nach Amsterdam sitzen. Nein, kein guter Plan. Auch nicht für die Familie meiner Freundin.«

Diese Überlegungen kamen Edo so treffsicher über die Lippen, daß man meinen konnte, er habe diese Möglichkeit bereits vorher erwogen.

Im selben Atemzug fuhr er jedoch fort: »Doch wenn Sie wirklich bereit sind ... Ich kenne da ein paar Jungs in Ljubljana, die bestimmt nicht abgeneigt wären, kurz nach Novo Mesto zu fahren und das Bild zu holen. Aber das kostet dann natürlich etwas.«

»Natürlich«, echote Verhooff mit dünner Stimme.

Vom Rücksitz aus tippte Olde Husink ihm auf die Schulter.

»Dürfte ich folgendes zu bedenken geben ...«

»Lieber nicht, Herman.« Verhooff wandte sich an Edo. »Wer sind die Burschen, und wie hoch ist ihr Preis? Ich meine, wieviel würde die Aktion kosten?«

»Da einigen wir uns schon«, antwortete Edo. »Sie sind zu zweit. Tausend pro Mann, schätze ich.«

»Zweitausend Euro? Für den Einbruch in eine Provinzschule? Und wieso müssen sie zu zweit sein?«

Edo zuckte nur mit den Achseln und hielt die Augen fest auf die Straße gerichtet.

Verhooff schaute zur Seite. Sein Blick prallte sofort an einer langen Reihe von Lagerschuppen, Büros und Firmengebäuden ab, die so aussahen, als wären sie aus riesigen Platten errichtet worden.

»Können deine Freunde sich schon heute abend um die Angelegenheit kümmern?«

»Erstens sind es nicht meine Freunde, und zweitens werden sie den Job nur dann übernehmen, wenn sie ordentlich bezahlt werden.«

»Das sagtest du bereits«, erwiderte Verhooff. »Weißt du was? Ruf sie jetzt an und erkläre ihnen das Ganze. Mit dem Honorar sind wir einverstanden.«

»Sagst du jetzt ›wir‹, weil du glaubst, auch in meinem Namen zu sprechen?« fragte Olde Husink. »Dagegen muß ich protestieren.«

Olde Husinks Protest blieb unbeantwortet, so daß er still auf dem Rücksitz verrauchte.

Edo hatte sein Handy hervorgeholt. Eine Hand am Steuer, in der anderen das Telefon, begann er ein Gespräch aus lauter wilden Räusper- und Niesgeräuschen, die von kurzen Pausen unterbrochen wurden. Da der Klang der slowenischen Wörter im Auto in alle Richtungen reflektiert wurde, war es in den kurzen Pausen, wie Verhooff fand, nicht wirklich still. Manche Arten von Stille konnten unangenehm dröhnen. Er hielt sich aber aus dem Gespräch heraus und vermied es, zu Olde Husink nach hinten zu schauen.

Hinter dem Gewerbegebiet erhob sich die slowenische Landschaft aus mit Laubwäldern bedeckten Bergen. Die Autobahn führte durch ein langgestrecktes Tal. In weiter Ferne ragten zwei oder drei schneebedeckte Gipfel über alle anderen Berge hinaus. Verhooff konnte mit Berglandschaften wenig anfangen. Von Kindesbeinen an war er jemand, der in der Ebene gedieh. Gemächlich durch unendliches Flachland schreiten, das war das Wahre. Das romantische Verlangen, zu entdecken, was sich jenseits eines Berges verbarg, war ihm allein schon deswegen fremd, weil dahinter meist nur ein weiterer Berg lag. Auch in der Kunst mußte man ihm nicht mit Berglandschaften kommen – abgesehen von Cézannes *Montagne Sainte-Victoire,* doch der hatte den Sainte-Victoire ja auch zu einer Reihe von platten Flächen reduziert. Im zwanzigsten Jahrhundert war der Kunstkritiker Clement Greenberg aus New York auf Cézannes Schultern gestiegen und hatte feierlich erklärt, jedes moderne Gemälde zeuge letztendlich nur von seiner eigenen *flatness;* das Gemälde habe die »Aufgabe« auszudrücken, was es am Ende sei: eine ebene Fläche, ein Quadrat oder Viereck, Malerei über Malerei, und dies wiederum hatte seinen Ursprung im Nachdenken über das Nachdenken, und wenn man sich damit beschäftigen wolle, benötige man Übersicht und Weisheit, und dabei stehe ein Berg unangenehm im Weg. Es war dringend geraten, rasch nach Hause zurückzukehren, in die Ebene, ins Flachland, mit dem Rothko in einer schönen Klimakiste.

Endlich legte Edo auf.

»Ich habe Vereinbarungen für heute abend getroffen«, sagte er. »Ich esse bei meinen Schwiegereltern, und meine Freundin hat zudem noch ein paar Bekannte eingeladen. Dann können rund vierzehn Leute berichten, daß ich den ganzen Abend mit einem Teller auf dem Schoß vorm Fernseher gesessen habe. Wenn ich Sie wäre, würde ich mir für heute abend einen schönen Platz im Hotelrestaurant suchen. Und da würde ich dann ganz lange sitzen bleiben, an einer Stelle, wo die Kellner Sie gut sehen können.«

In der Ferne waren die Außenviertel von Ljubljana zu sehen. Im Auto wurde kaum noch gesprochen. Es war Edo, der die Atmosphäre der Stille bestimmt hatte.

Verhooff dachte an Emma Duiker, so wie sie in der Restaurierungswerkstatt gearbeitet hatte: weißer Kittel, Flipflops mit einer kitschigen Blume am Zeh, die schwarzen Haare hochgesteckt, umgeben von leergedrückten Farbtuben, Weckgläsern mit trübem Wasser und darin ein ganzer Strauß Pinsel. Ein Mädchen, zwischen dessen fotogenen Lippen bei der Arbeit zudem die Zungenspitze hervorlugte; ein Schulmädchen von Ende Zwanzig mit dunkelbraunen Augen, in denen hier und da ein grüner Punkt aufleuchtete ...

Hätte Emma Duiker vor fünfzig, sechzig Jahren auch die Chance gehabt, künstlerisch zu arbeiten? Die Abstrakten Expressionisten waren ein reiner Männerclub, in dem die wenigen Frauen nur als Gattin oder Gehilfin geduldet wurden. Wie hoch war eigentlich die Umlaufgeschwindigkeit von Kunst? Mark Rothko selbst hatte vollen Ernstes in einem Interview behauptet, der Abstrakte Expressionismus würde rund tausend Jahre die Kunst dominieren und beeinflussen. Kaum zehn Jahre nach dieser Aussage begann die Pop Art ihren Triumphzug. Das tausendjährige Reich des Abstrakten Expressionismus währte ein wenig kürzer. Und nach der Ruhestörung durch die Pop Art? Jemand stieg in ein Segelboot, fuhr auf den Atlantik hinaus und kehrte nie wieder. Jemand packte riesige Gebäude ein. Jemand matschte mit Pech, Filz und Federn. Jemand konservierte einen Hai in Formaldehyd. Jemand baute sein unaufgeräumtes Schlafzimmer originalgetreu im Museum auf. Jemand stapelte Fernsehgeräte aufeinander. Jemand stapelte Hausmüll aufeinander. Jemand kaufte erschreckende Mengen an Diamanten. Jetzt wartete man auf jemanden, der, gleichsam in einer anstoßerregenden Performance, übers Wasser ging. Und dann: Jemand ließ ein Kunstwerk verschwinden. Emma Duiker hatte einen fetten Fisch an der Angel – der einzige Nachteil bestand jedoch darin, daß sein *Untitled No. 18* der Köder war ...

Bei näherer Betrachtung wunderte es Verhooff, daß nicht schon früher jemand ein solches Verschwinden organisiert hatte. Robert Rauschenberg hatte ein kleines Werk von Willem de Kooning ausradiert, doch das war etwas vollkommen anderes, und sei es auch nur, weil de Kooning ihm die Erlaubnis gegeben hatte. Verhooff sah die Artikel in den Kunstzeitschriften schon vor sich: »Emma Duiker lanciert ein neues Endspiel der modernen Kunst« – diese Art von Analysen. Er bemühte sich gerade, ein Kleinod zu retten, das dem Hollands Museum gehörte, und gleichzeitig rettete er seine eigene Reputation. Aber hintertrieb er nicht auch die Erschaffung eines revolutionären Kunstwerks? Verhooff faltete die Hände und pustete sanft auf seine gebogenen Fingerknöchel. Gab es einen Weg, diese inakzeptable Unterschlagung zu verteidigen?

Als sie wieder in Ljubljana ankamen, warteten Edos

Bekannte bereits auf einer Terrasse am Rande des Tivoli Parks, der dem Hotel Lev genau gegenüberlag. Die beiden erhoben sich fast gleichzeitig, als Edo sie vorstellte. Verhooff sah, daß Olde Husink zuerst seinen Abscheu überwinden mußte, ehe er den beiden Männern die Hand gab.

Die von Edo engagierten Hilfskräfte waren vermutlich nicht viel älter als er selbst. Wenn Verhooff richtig verstanden hatte, hieß der eine Janko und der andere Patrick. Der kleinere der beiden Lederjacken tragenden Männer hatte ein rundes Gesicht und wäßrige Augen, deren Aussehen Verhooff als slawisch empfand. Es war, als fehlte es dem Kopf des Mannes an Haut; wenn er lächelte, sah es so aus, als wäre sie an Jochbeinen und Stirn bis zum Zerreißen gespannt.

Sein Kumpan Patrick war größer und hatte einen erstaunlich langen dünnen Hals und einen Kopf, der ein ganzes Stück über den Schultern unsicher hin und her schwankte. Er hatte hellblaue Augen und flauschigkrauses Haar, das wie eine große Blume mitten auf seinen Kopf gepflanzt zu sein schien, eine verblühte und braun gewordene Hortensie.

Der Kleinere, der ihnen eine schlaffe Hand gereicht hatte, ergriff in rudimentärem Englisch das Wort, ging dann aber bald zu Slowenisch über, das von Edo äußert knapp übersetzt wurde. Verhooff sagte, er wolle am nächsten Tag die geforderte Summe besorgen, sobald die Banken öffneten.

Man tauschte die allernötigsten Höflichkeiten aus. Danach schien niemand über weiteren Gesprächsstoff zu verfügen, und es trat eine unangenehme Stille ein.

Verhooff verstand nicht, warum ihn gerade jetzt eine träge Ruhe überkam. Angesichts der jungen Slowenen hatte Verhooff das Gefühl, aus seinem Lebensalter zu purzeln. Es kam ihm so vor, als wäre er durch den verwirrenden Pakt mit Edo und dessen Bekannten in einer Hintergasse des Lebens gelandet, ohne Sicherheiten, doch mit Aussicht auf etwas, das aus seinem Leben immer weiter verschwunden war: Unabhängigkeit, Freiheit. Emma Duiker war vielleicht tatsächlich eine Freiheitskämpferin.

Der größere der beiden gab lächelnd im Flüsterton einige Worte von sich, die Verhooff nicht verstand, die auf Edo aber einen belebenden Effekt hatten. Der streckte den Rücken und wandte sich an Verhooff.

»Janko läßt ausrichten, er werde sich heute abend von seiner Schokoladenseite zeigen«, faßte Edo zusammen. »Das hat er nicht wortwörtlich so formuliert, im Slowenischen sagt man, man werde einer prächtig blühenden Pflanze nur für sie bestimmtes Sonnenlicht spendieren, was ich persönlich einen viel schöneren Ausdruck finde als unsere komische Schokoladenseite, aber ...«

»Könntest du Janko und Patrick sagen, daß wir ihnen schon jetzt sehr dankbar sind?« bat ihn Verhooff.

Er hatte alles bis ins Detail geplant. Wenn die Banken um halb neun öffneten, wollte er den geforderten Betrag vom Konto des Museums für Kunstankäufe abheben. Olde Husink sollte in der Zwischenzeit in einem Geschäft für Künstlerbedarf die notwendigsten Dinge für den Transport des Rothko besorgen, unter anderem einen unauffälligen Köcher für den Fall, daß sie sich entschließen sollten, das Bild vom Keilrahmen zu nehmen.

Um halb zehn sollte die Übergabe in Verhooffs Hotelzimmer stattfinden. *Untitled* hatte zum Glück ein kleines Format, man konnte zur Not mit dem verpackten Bild unter dem Arm das Hotel verlassen, ohne besondere Aufmerksamkeit zu erregen. Die Übergabe dauerte vermutlich nicht länger als zehn Minuten. Verhooff beschloß, noch am Abend einen Rückflug zu buchen, zur Not über Frankfurt oder Brüssel. Innerhalb einer Woche konnte *Untitled No. 18* mit Hilfe einer normalen Spedition wieder in seiner natürlichen Umgebung sein, im Depot des Museums oder unter Umständen auch in einem versteckten Winkel von Olde Husinks Restaurierungswerkstatt.

Edo überreichte Verhooff eine Visitenkarte mit seiner Mobilnummer. Nur für den Fall. Das gesamte Gespräch auf der Terrasse hatte vielleicht eine Viertelstunde gedauert. Auf dem Platz, der den Tivoli Park vom Hotel Lev trennte, schlenderten Touristen und Tagesausflügler scheinbar ziellos hin und her. Einen Moment lang hatte Verhooff das Gefühl, Teil dieser Passanten- und Touristengruppen zu sein. Er war recht empfänglich für die melancholische Anziehungskraft des *nowhere man, living in a nowhere land*. Museen gab es nur dank einer allgemein verbreiteten Sehnsucht nach Selbstvergessenheit und Verschwinden. Die Besucher zogen gegenüber den Dingen, die in den schneeweißen Sälen still vor sich hin dröhnten, immer den Kürzeren. Man trat in ein Museum ein, ging umher und löste sich auf im Hochgebirge der DINGE. Mit Großbuchstaben. Die

Erfahrung des zeitweisen Verdunstens war die heimliche Verführerin all dieser Kunstpaläste und Ausstellungshallen. Auch in dieser Hinsicht traf Emma Duikers Kunstprojekt den Kern.

An der Drehtür des Hotels nickte der Portier, der einen dunkelblauen Frack mit gelben Epauletten trug, Verhooff beinahe militärisch zu, als dieser an ihm vorüberging.

»Ich schlage vor, wir treffen uns in einer Stunde hier im Restaurant zu einem opulenten Mahl«, sagte Verhooff zu Olde Husink. »Ich lade dich zu einem Vier-Gänge-Alibi ein.«

8

Drei Kellner schwebten an diesem Abend wie Pantomimen um ihren Tisch herum. Als einer von ihnen die Teller der Vorspeise abräumte, beugte Olde Husink sich vor und sagte: »Eine Frage. Warum? Warum lassen wir all das geschehen? Berichtigung: Warum läßt *du* all das geschehen?«

Verhooffs Blick schweifte durch das Restaurant. Wenig mehr als eine Handvoll Gäste saßen im Raum verteilt. Hintergrundmusik ringelte sich an den Wänden empor.

»Wozu all diese, all diese ... wahnsinnigen Risiken, um einen einzigen Künstler zu schützen?« Es war offensichtlich, daß Olde Husink nicht den 1903 in Daugavpils, Lettland, geborenen und 1970 in New York gestorbenen Marcus Rothkowitz meinte.

»Das waren aber zwei Fragen«, erwiderte Verhooff. »Und da wir gerade über das Stellen von Fragen sprechen: Ich frage dich oft etwas, aber du gibst nur selten eine direkte Antwort. Statt dessen formulierst du meist eine Gegenfrage. Warum machst du das?«

Als habe Verhooff ihn auf einen unschönen Charakterzug angesprochen, griff Olde Husink wie ertappt nach seiner Serviette, die vor ihm auf dem Tisch lag, und wischte sich nachdrücklich den Mund ab. Danach wirkte er plötzlich sehr viel munterer. Es war, als habe er lange auf diesen Moment gewartet.

»Versetz dich mal in meine Lage«, sagte er, »und stell dir vor, du würdest wie ich seit mehr als fünfundzwanzig Jahren Kunst restaurieren. In dieser Zeit habe ich alle Gewißheiten, die es in diesem Beruf gab, schwinden sehen. Früher war etwas beschädigt oder nicht. Das war übersichtlich. Wir Restauratoren hatten bestimmte Mittel zur Verfügung, um Beschädigungen zu reparieren. Bis die Malerei in Bedrängnis geriet. Künstler arbeiteten nun mit den ausgefallensten Materialien, sie bastelten merkwürdige Mechaniken oder verbauten einfach Glühlampen in ihren Installationen. Und was bedeutet das für uns? Daß wir keine Fachleute mehr sind, sondern nur noch Laufburschen, die zum Supermarkt oder gar zum Trödelladen geschickt werden, um dreißig neue Energiesparlampen, Neonröhren, Schrauben, Muttern oder Schlimmeres zu besorgen. Ja, Schlimmeres. Was soll das Hollands Museum mit den Fettklumpen von Joseph Beuys machen? Dieses Fett verdirbt. Müssen wir Restauratoren dann neues Fett bestellen? Schon jetzt sehen wir uns damit konfrontiert, daß bestimmte Diaprojektoren in Installationen aus den siebziger Jahren nicht mehr lieferbar sind. Und was machen meine Kollegen? Sie kaufen neue Projektoren und verstecken hinter der Installation Lautsprecher, aus denen das Klicken der alten Projektoren ertönt. Das nenne ich erniedrigend. Erniedrigend für unseren Berufsstand. Habe ich dafür fünf Jahre lang in England studiert?«

Mit dem Gehabe von Äquilibristen brachten zwei Kellner das Hauptgericht, und Olde Husink sah sich gezwungen, seine Ausführungen zu unterbrechen. Doch sobald die beiden Kellner wieder gegangen waren, fuhr er fort: »Außenstehende wissen nicht, was für eine Arbeit auf meinen Schultern lastet. Meine jüngeren Kollegen, die sich mit zeitgenössischer Kunst beschäftigen, sind nicht einmal mehr in der Lage, Oberflächenverschmutzungen zu entfernen. Sie können nicht retuschieren. Aber sie wissen alles über Videokassetten und DVD-Spieler, über Plexiglas und über Rucola, der jeden Tag erneuert werden muß in einem Kunstwerk von ... mir fällt der Name jetzt nicht ein. Und ich? Ich stelle fest, daß ich mich um immer mehr Bilder kümmern muß. Weil ich der einzige im Museum bin, der noch ganz altmodisch Öl auf Leinwand reinigen kann. Die Gemälde stapeln sich in meinem Atelier, eine Beschädigung ist schlimmer als die andere, doch wo soll ich anfangen? Und was soll ich dazu sagen? Und dann muß ich auch noch Zustandsberichte schreiben. Aber was Aussagen über den Zustand der Kunstwerke angeht, so befallen mich immer stärkere Zweifel, weil die Kunst selbst alle fachmännischen Aussagen auf tönerne Füße stellt. Daher bleiben am Ende nur Fragen, keine Antworten.«

Olde Husink redete sich spürbar in Rage. Verhooff sah den Restaurator in seinem Atelier sitzen, buchstäblich und im übertragenen Sinne bedrängt von einer Art Butterberg aus Gemälden, hinter dem seine unterdrückte, vergeblich protestierende Stimme zu hören war.

»Sollen wir uns dann jetzt einmal dem Essen widmen?« fragte Verhooff.

Immer noch verdutzt über seine Offenherzigkeit, schaufelte Olde Husink schweigend das Hauptgericht in sich hinein. Auch Verhooff sagte nicht mehr viel. Beim Dessert saßen sie einander wie Ehegatten gegenüber.

Nachdem Verhooff die Rechnung beglichen hatte, begab Olde Husink sich zu den Toiletten am Haupteingang. Verhooff ging zu den Aufzügen neben der Rezeption. Die Lifttüren schlossen sich langsam, als Olde Husink wiederkam. Verhooff unternahm einen halbherzigen Versuch, den Knopf zu drücken, mit dem man die Türen wieder öffnen konnte. Doch er fuhr ohne den Restaurator in die achte Etage. Dort angekommen, blieb er in der Nähe des Aufzugs stehen, um auf Olde Husink zu warten. Er schaute den langen Gang mit identischen Türen hinunter. Hinter einer dieser Türen müßte es ein Zimmer geben, in dem an der Wand gegenüber dem Bett einfach so ein Richter, ein Tuymans, ein Dumas, ein Baselitz oder, weiter zurück in die Vergangenheit, ein Picabia oder Duchamp hing. Einfach so, vollkommen willkürlich, und das nicht nur hier, sondern an unzähligen Orten auf der Welt.

Aufgeregt suchte er in der Innentasche seines Jakketts nach der gelochten Schlüsselkarte. Er mußte ehrlich sein: Hatte er seit dem Vortrag von Bernard Shorto jemals noch eine solche an Euphorie grenzende intellektuelle Erregung verspürt? Jahrelang war er einer der vielen gewesen, die sich hauptberuflich mit der Frage beschäftigten, wie man zeitgenössische Kunst ins Museum bekommt. Aber warum wurde das Werk Picassos nie gelüftet, um es einmal so auszudrücken? Warum durften *Les Demoiselles d'Avignon* nie mehr draußen spielen? Madame Duiker war eine Utopistin, Dadaistin, Postmodernistin, Anarchistin, Performancekünstlerin und unverbesserliche Romantikerin in einer Person. Es machte sich gut, zu sagen, daß man Ismen nicht mochte. Postmodernismus, Dekonstruktivismus, pfui Teufel, bäh! Typen, die dies behaupteten, übersahen immer den einen Ismus, der mit dem Badewasser ausgeschüttet worden war. Emma Duiker hatte ihn zum Idealismus bekehrt, ohne daß sie dies von den Dächern pfiff, im Gegenteil. Und er stand ihrer stillen Revolution wehrlos gegenüber – vielleicht sogar schon von Anfang an. Sie mußte seine Wehrlosigkeit gespürt haben.

Hinter ihm ertönte das Klingeln des ankommenden Aufzugs. Das mußte Olde Husink sein.

9

Bei einer nicht weit vom Hotel entfernt gelegenen Bankfiliale hob Verhooff gleich am nächsten Morgen zweitausend Euro vom allgemeinen Konto des Hollands Museums für Kunstankäufe ab. Er würde diesen Betrag später irgendwie buchhalterisch rechtfertigen.

Zur Not kaufte er auf einer Auktion in Paris oder Berlin für einen Kleckerbetrag postmoderne slowenische Heimarbeit, die er dann zu einem überhöhten Preis in die Bücher nahm.

Gegen neun war er wieder in seinem Hotelzimmer. Er rief Olde Husink an. Edo Veerkamp und seine, nun ja, Handlanger konnten sich jeden Moment an der Rezeption melden. Olde Husink erschien um Punkt viertel nach neun in seinem Hotelzimmer. Der Restaurator war um die Nase noch blasser als sonst. Seine Augen waren rötlich umrandet.

Fünf Minuten vor der vereinbarten Zeit rief die Rezeption an. Drei Herren wünschten sie zu sprechen. Der Aufzug mußte nach oben gerast sein, denn nach weniger als drei Minuten ertönte ein autoritärer, fordernder Trommelwirbel an ihrer Tür. Verhooff öffnete – und sah sofort an den Gesichtern der drei, daß etwas schiefgelaufen war. Janko, der Anführer der beiden, hatte einen dunklen, wabernden Schleier vor den Augen. Doch er sah auch, daß Patrick, der mit der Hortensienfrisur, das in eine graue Decke gewickelte Gemälde unter dem Arm trug.

Gott sei Dank, *Untitled* war wieder da.

Es wurde keine Zeit mit Höflichkeiten verschwendet; Edo ergriff sogleich das Wort.

»Herr Verhooff, ich falle mit der Tür ins Haus. Meine Bekannten fühlen sich, tja, wie soll ich es ausdrükken ... auf slowenisch ...«

»Mich interessiert nicht, wie deine Bekannten sich fühlen«, sagte Verhooff rasch. »Zuerst das Gemälde. Ich will das Gemälde sehen.«

Janko hatte offenbar etwas von seinen niederländischen Sätzen verstanden. Das schloß Verhooff jedenfalls aus dem erregten, posaunenden Ton des Slowenischen, der jetzt das Zimmer erfüllte. Manche Wörter und Satzteile schienen ins Zimmer geschleudert zu werden, um dann von den Wänden abzuprallen und mit einem trockenen Plumps auf dem Boden zu landen. Sehr bald schon war der Raum übersät mit ausgespuckten Sprachbrocken. Schließlich stellte Patrick das eingepackte Bild auf den Schreibtisch, der nicht weit vom Fußende des Bettes entfernt stand.

Das mit einer Decke umhüllte Gemälde lehnte an der Wand. Mit einer schnellen Bewegung wickelte der Kraushaarige *Untitled No. 18* aus.

Das Kleinod. Unbeschädigt, auf den ersten Blick.

Verhooff legte den Kopf schief. Olde Husink entfuhr ein Seufzer der Erregung. Der Restaurator huschte zu dem Rothko hin und beugte sich schnell zu dem Gemälde vor, so daß seine scharfe gerade Nase beinahe die Leinwand berührte. Verhooff bemerkte erst jetzt, daß Olde Husink die weißen Baumwollhandschuhe bereits über seine knochigen Finger gestreift hatte. Mit einer ballerinahaften Handbewegung wippte Olde Husink die Oberkante des Rahmens zu sich hin und inspizierte die Rückseite des Bildes. Ein leichtes Nicken, ein Zusammenziehen des Mundes, noch ein Nicken.

»Ja, das ist er. Das ist das Original.«

Verhooff war versucht, Olde Husink zu umarmen. Irgendwas geschah in der Gegend seines Zwerchfells. Das Weltall machte einen Purzelbaum, wie bei plötzlicher Verliebtheit.

Dann sprangen Janko und Patrick wie zwei Weichenwärter auf den Rothko zu und postierten sich links und rechts des Meisterwerks. Gutturale Klänge flogen wieder kreuz und quer durchs Zimmer.

»Meine Freunde fühlen sich ziemlich an der Nase herumgeführt«, sagte Edo. »Im Slowenischen gibt es ein Sprichwort, das lautet: ›Uns wurde ein Spaziergang im Park vorgegaukelt, doch wir landeten im Dschungel.‹«

»Das verstehe ich nicht«, erwiderte Verhooff. »Aber das muß ich auch nicht verstehen. Ich habe das Geld, und ich denke, das ist das Wichtigste.«

Erneut ertönten gutturale Klänge.

»Das ist es ja gerade«, sagte Edo. »Der Auftrag lautete, das Gemälde besorgen. Für den Einbruch in ein unbewachtes Gebäude gilt der Standardtarif von eintausend Euro pro Mann. Was vorher nicht gesagt wurde, ist, daß es einen Nachtwächter gab.«

Janko stimmte Edo auf englisch zu. »Big problems! Big, big problems!«

»Das kann man wohl sagen«, ergänzte Edo. »Der Nachtwächter mußte überwältigt werden. Und das bedeutet ›Einbruch unter Anwendung von Gewalt‹. Dafür gilt ein anderer Tarif.«

»Und wie hoch ist der?« fragte Verhooff. Das Prickeln um das Zwerchfell herum war vollkommen verschwunden. Das Weltall verlangte den fröhlichen Purzelbaum zurück.

Die slowenischen Weichenwärter schauten erwartungsvoll.

»Fünftausend«, antwortete Edo nun mit leiser Stimme. »Pro Mann. Mein Honorar nicht mitgerechnet.«

»Hey, was soll das?« fragte Verhooff. »Das kannst du in den Wind schreiben! Ich habe hier die vereinbarte Summe für euch, und damit basta!« Er zog seine Brieftasche heraus.

Seine Körpersprache war vermutlich international verständlich, denn die beiden Slowenen reagierten sofort erzürnt. Patrick hatte sogar die Decke wieder vom Boden aufgehoben.

»In den Wind schreiben, in den Wind schreiben«, sagte Edo zweifelnd. »Wie übersetzt man das? Mit einer Formulierung wie ›in die Haare schmieren‹? Nein, das ist zu eklig. ›Komplett vergessen‹? Das macht die Jungs nur wütend, wenn ich es so übersetze.«

»Es ist mir egal, wie du es übersetzt«, schnauzte Verhooff ihn an. »Hauptsache du sagst, daß sie sich an die Vereinbarung halten müssen.«

Janko baute sich nun vor ihm auf. Verhooff verspürte das Bedürfnis, einen Schritt zurückzutreten, unterließ es jedoch. Der Atem des Burschen strich ihm übers Gesicht, er roch eine Mischung aus Zigaretten und Kochfleisch. Der junge Mann deponierte eine weitere Schicht slowenischer Brocken auf dem Teppich. Mit stechendem Zeigefinger stand Janko ihm gegenüber. Sein Finger berührte fast Verhooffs Jackett. Auf einmal stockte sein Redefluß. Janko sah mit hochgezogenen Augenbrauen zu Edo.

»Janko sagt, er wisse sehr wohl, daß dies ein wertvolles Kunstwerk ist. Vielleicht sei es …«, und nun sah Edo ihn plötzlich durchdringend an, »… vielleicht sei es, sagt Janko, sogar fünfhunderttausend Euro wert. Das wisse er durchaus.«

Olde Husink mischte sich nun in das Gespräch. »Ich denke, wir sollten Edo jetzt sehr genau zuhören.«

»Wie meinst du das?« flüsterte Verhooff, ohne zu wissen, warum er flüsterte.

»Es ist an Ihnen, eine Kosten-Nutzen-Abwägung zu machen«, erwiderte Edo an Olde Husinks Statt.

»Wir haben keine Wahl«, sagte Olde Husink mit gesenkter Stimme. »Wer A sagt, muß auch B sagen. Können wir nicht noch mehr Geld von dem Konto abheben? Danach ist *Untitled* dann endgültig wieder in unserem Besitz. Und die Kerle haben nicht die leiseste Ahnung, was sie uns wiederbeschafft haben.«

Verhooff betrachtete die beiden slowenischen Erpresser. War dies der Schlußpunkt von Emma Duikers »Projekt«? Endete es mit gewöhnlicher Erpressung? Das konnte nicht Sinn der Sache sein.

»Ich finde, wir sollten uns an die Vereinbarung halten.« Er nahm die Fünfhunderterscheine aus der Brieftasche und machte Anstalten, sie Janko zu überreichen.

Janko spuckte wüste Schreie auf den Fußboden.

»Das bedeutet ›zurück‹«, übersetzte Edo trocken.

Nach der Übersetzung rollte aus Jankos Mund ein Wust von Worten. Verhooff spürte, daß die Sprachbrocken nun schon bis zu seinen Knien reichten. Sprache konnte Treibsand sein, auf jeden Fall. Plötzlich drehte der junge Mann den Sprachhahn zu und verschränkte demonstrativ die Arme.

Eine Weile war es im Hotelzimmer still.

»Tja, das war alles nicht sonderlich nett, was Janko da von sich gegeben hat«, sagte Edo schleppend. »Also, wir in den Niederlanden belassen es meist bei ›ich dreh' dir den Hals um‹ oder ›ich schlage dich windelweich‹. Die Slowenen aber präzisieren in der Regel ihre Androhungen. Wörtlich meinte Janko, und an und für sich ist dies eine sehr innovative und bildliche Formulierung, wörtlich hat Janko also gesagt, daß er, puh, mit dem Gedanken spielt, Ihnen die Eier durch die Speiseröhre hinauf in den Rachen zu treten, bis Sie anfangen zu würgen und Ihre, nun ja, Eier wie zwei Erbsen aus Ihrem Mund plumpsen, woraufhin er, Janko, diese zu Brei treten wird, und anschließend gibt es dann bestimmt jemanden auf der Welt, der bereit ist, sich die Fleischmasse Ihrer Ex-Eier auf seinen Toast zu streichen. Dies jedoch mit sehr viel weniger Worten, aber das spricht ja für sich. Vorher aber, sagte Janko, werde Patrick sich noch auf eine bestimmte Weise dem Bild zuwenden. Etwas, das ich nicht so ganz verstehe, ehrlich gesagt.«

Patrick zog aus der Innentasche ein Messer hervor, das er mit einer einzigen raschen Bewegung aufklappte. Ohne auch nur eine Sekunde nachzudenken, machte Verhooff einen Schritt in Richtung Rothko. Geschmeidig und geschickt bewegte Patrick die Klinge in Richtung Leinwand. Verhooff sprang nach vorne, um mit dem gestreckten Arm eine Barriere zwischen Messer und Gemälde zu bilden. Er wollte den Rahmen packen, doch zugleich, als hätte es einen Kurzschluß zwischen Kopf und Hand gegeben, ballte er letztere zu einer Faust und berührte mit seinen Knöcheln den Rand des Rahmens.

Alle Stimmen im Zimmer schienen sich hinter einem Schleier zu befinden. Er war die zentripetale Kraft im

Hotelzimmer; der Rest entstammte einer zweitrangigen Wirklichkeit. Mitten in dieser Wirklichkeit griff Janko nach dem anderen Rand des Rahmens, so daß *Untitled* leicht nach vorne kippte. Verhooff zog seine Hand zurück und wollte mit einer zupackenden Bewegung den Fall des Bildes stoppen. Er griff nach dem Rahmen – und packte daneben.

In den wenigen Zehntelsekunden, die es brauchte, um seine jetzt halb zur Faust geballte Hand zurückzuziehen, sah er das Unvermeidbare voraus: daß diese wenigen Zehntelsekunden nicht reichten.

Vor seinem inneren Auge sah er geschehen, was noch nicht geschehen war und im selben Augenblick bereits geschehen zu sein schien: seine Hand, die Faust, die Leinwand.

Er hatte noch nie eine Leinwand reißen hören. Ein lautes Krachen ertönte, wie von einem Ast, der entzweibricht – ein unerwartet schroffes Geräusch für ein solch fragiles Stück Leinwand.

Wie schockgefroren schaute Verhooff auf seine Hand, die halb in der Leinwand verschwand. Er wagte es nicht, sie zu bewegen, ganz zu schweigen davon, sie zurückzuziehen.

Wortlos ließ Janko den Rahmen los. Verhooff spürte, wie die Leinwand an seinem Handgelenk kitzelte.
Niemand sagte etwas, nicht einmal Edo. Und inmitten dieses Zirkels der Stille hatte Verhooff den Eindruck, daß die Alltäglichkeit des Kitzelns sich von innen nach außen kehrte und sich in den Horror des ultimativen Nichts verwandelte. Er betrachtete die Farben auf der Leinwand. Sie zerfielen. Blau zerbröckelte in tausend

Splitter, Rot wurde gespalten, Gelb brach auf, und natürlich zerriß mit den Farben die gesamte Leinwand.

Verhooff wagte es immer noch nicht, sich zu rühren. Man hätte meinen können, das Bild balanciere auf seinem Handgelenk. Hinter dem mannshohen Wall aus großen, geschwollenen Worten von zuvor rief ein kleiner Junge nach seiner Mutter.

Dann löste sich die zweitrangige Wirklichkeit auf. Mit einem lautlosen Knall wurde ihm die echte hier und jetzt zuteil.

Olde Husink führte eine Hand zu seinem offenen Mund. Er ergriff das Kinn, als wollte er seinen Kopf stützen.

Mit langsamen, ruckenden Bewegungen zog Verhooff seine Hand zurück.

Als hätten sie einander ein Zeichen gegeben, fingen die slowenischen Burschen leise schnaubend an zu lachen. Patrick hatte sein Taschenmesser wieder eingesteckt. Bei Janko ging das Schnauben in ein hohes Kichern über. Er nahm die Geldscheine vom Boden und ließ sie flugs in seiner Innentasche verschwinden.

Dann äußerte sich auch Edo. »Ich verzichte auf meinen Anteil«, sagte er mit gepreßter Stimme. »Der Schaden ist bestimmt, äh, hoch.«

Verhooff wollte etwas sagen, doch ihm fiel nichts ein.

Das slowenische Duo war auf den Flur hinausgetreten. Dort ging das Kichern in schallendes Lachen über, das noch deutlich zu hören war, als sie bereits bei den Aufzügen angekommen sein mußten.

»Entschuldigung, tut mir leid«, sagte Edo zu niemand bestimmtem. »Das war so nicht geplant.«

Im Laufschritt machte er sich aus dem Staub, auf der Duftspur der Slowenen.

Im Hotelzimmer geschah eine Weile überhaupt nichts. Olde Husink stand reglos zwischen dem Fußende des Bettes und dem beschädigten *Untitled*. Verhooff brachte immer noch kein Wort heraus.

»Einen solchen Schaden kann man reparieren«, sagte Olde Husink schließlich.

Verhooff sank auf den Stuhl neben dem Hotelbett. Er sah sich selbst durch Fußböden stürzen, durch Betten krachen und mit Stühlen umfallen. Er sah sich mitten durch die Glasscheibe seines Lebens schreiten – in endloser Wiederholung.

»Wer verfügt über das Können, einen solchen Schaden zu reparieren?« fragte er leise.

»Weltweit? Jeder namhafte Restaurator könnte es. Doch dann wäre das Ergebnis ausreichend bis gut. Wollen wir eine hervorragende Reparatur, dann wird das Angebot merklich dünner. Ich schätze vier oder fünf Spitzenleute. Epstein in New York, Levitton, auch in New York. Silbermann in San Francisco. Und vielleicht zwei Europäer. Angoletti in Rom. Er hat an ziemlich vielen Abstrakten Expressionisten gearbeitet.«

»Wie lange würde es dauern?« fragte Verhooff.

»Anderthalb bis zwei Jahre, mindestens.«

»Die Kosten?«

»Muß ich dir das sagen? Das weißt du vielleicht besser als ich. Die Tarife unterscheiden sich nicht sonderlich. Ich denke, zwischen achthunderttausend und drei Millionen Euro.«

Verhooff ließ diese Information auf sich einwirken.

Ehe er sich's recht versah, verwandelten sich die Zahlen in kleine Gestalten, gelenkige Männlein aus Fleisch und Blut, Trapezkünstler hoch oben über der Manege eines Zirkus, der mitten im Hotelzimmer, das plötzlich vierzehn Meter hoch war, stand. Das Achthunderttausendmännlein hing kopfüber mit angewinkelten Beinen in der Luft und schaukelte mit dem Trapez in Richtung des Dreimillionenmännleins. Dieses streckte die Arme aus, kurz bevor das andere in der Luft einen Salto machte.

Verhooff schloß die Augen. Sofort bemerkte er, daß mitten im Schwarz eine nicht näher beschreibbare Substanz zerriß.

»Ich denke, jemand anderes sollte die Restaurierung übernehmen«, sagte er schließlich. Er hielt es für besser, erst einmal offen zu lassen, wer sie machen sollte.

10

»Ich?« stutzte Olde Husink eine knappe halbe Stunde später pikiert. »Wieso ich? Ich könnte das nur in Teamarbeit reparieren. Und das mache ich nicht. Ich arbeite allein. Und außerdem: Wo soll ich die Zeit hernehmen? Bei mir stapelt sich Arbeit für mindestens anderthalb Jahre, auf mich warten mindestens vierzehn ...«

»Du restaurierst das Bild in deinem Tempo und nach deinen Möglichkeiten. Ohne daß wir Hilfe von außen hinzuziehen. Außer dir und mir braucht niemand etwas von dem Schaden zu wissen. Und du kannst dir Zeit nehmen, Herman. Die Wiedereröffnung des Hollands Museums ist erst in drei Jahren.«

Seine Worte schienen nicht zu Olde Husink durchzudringen.

»Ist es nicht an der Zeit, doch noch Anzeige gegen Emma Duiker zu erstatten?« fragte Olde Husink.

Verhooff schaffte es nicht, seinen Blick von dem häßlichen Riß in *Untitled No. 18* abzuwenden.

»Niemand außerhalb dieses Hotelzimmers wird je erfahren, daß der Rothko das Depot des Hollands Museums verlassen hat«, sagte er dann. »Niemand wird von dieser Beschädigung erfahren. Wir lassen das Gemälde nicht transportieren, sondern nehmen es selbst mit. Einfach im Handgepäck. Du nimmst es vom Rahmen. Den lasse ich dann per Luftpost vom Hotel nachschicken.«

Endlich konnte er den Blick von *Untitled No. 18* lösen.

Er bemerkte, daß Olde Husink ihn nicht nur mit moralischer Ablehnung, sondern auch mit Abscheu ansah. »Dabei mache ich nicht mit. Jeder weiß, so kann man ein Gemälde nicht transportieren. Ich habe meine Berufsehre.«

»Mach einfach, was ich sage«, erwiderte Verhooff erschöpft.

»Ich übernehme keinerlei Verantwortung.«

»Das mußt du auch nicht. Die übernehme ich schon«, antwortete Verhooff.

»Das ist Wahnsinn, eine Schande für meinen Beruf.«

Olde Husink legte *Untitled No. 18* flach auf den Boden. Auf den Knien hockend, das Gesicht dicht über der Leinwand und mit dem Hintern in der Luft wie ein betender Moslem, nahm der Restaurator das Bild vom

Rahmen. Mit einer kleinen Kneifzange, die er aus seinem Köfferchen hervorgeholt hatte, zog er die Nägel der Reihe nach aus dem Holz.

Verhooff packte seine wenigen Sachen. Jetzt, da das Gemälde flach auf dem Boden lag, erinnerte ihn vor allem das durchbohrte Rot an die Arbeiten von Georgia O'Keeffe: Blumenblätter in extremer Nahsicht. Auch das Œuvre von Lucio Fontana, einem Spezialisten für monochrome Bilder mit vertikalen Schnitten darin, kam ihm in den Sinn. Doch die geschickten Vergleiche mit existierender moderner Kunst waren nichts als gekünstelte Streßunterdrückung.

Ein Köcher mußte besorgt werden, um die herausgelöste Leinwand zu transportieren. Olde Husink brauchte dafür eine Stunde. Bei seiner Rückkehr wiederholte er, daß er für diese Art des Transports keine Verantwortung übernehme. Verhooff nahm dies zur Kenntnis. Um das Einpacken zu beschleunigen, fing er vorsichtig an, das Bild aufzurollen. Olde Husink klopfte ihm energisch auf die Schulter.

»Nicht so! Weißt du das nicht? Man rollt Gemälde immer mit der Abbildung nach außen auf.«

Hastig rollte Verhooff *Untitled No. 18* wieder ab. »Ist das wirklich wahr?« Dann hatte er dies in seiner Zeit als Galerist allerlei Künstler und Assistenten falsch machen sehen.

Olde Husink machte sich unter stillem Protest an die Arbeit. Der äußere Rahmen und der Keilrahmen wurden in Luftpolsterfolie verpackt und an der Rezeption abgegeben, wo Verhooff die Unterlagen für den Transport mit einer späteren Maschine nach Amsterdam unterschrieb. Danach beglich er die Hotelrechnung. Olde Husink trug den Köcher mit Hilfe eines Ledergürtels über der Schulter. Es sah aus, als habe er einen eingepackten Hockeyschläger dabei.

Ehe sie die Hotellobby verließen und in ein Taxi stiegen, verschwand Olde Husink mit Köcher und allem anderen Gepäck in Richtung Toilette. Es dauerte eine Weile, bis er wieder herauskam. Erst auf halber Strecke zum Flughafen fiel Verhooff plötzlich ein, daß der Restaurator auf dem WC die notwendigen Reisevorbereitungen getroffen und einen Cocktail aus Beruhigungsmitteln geschluckt hatte. Es war, als rollte und faltete sich Olde Husink neben ihm auf dem Rücksitz des Mercedes-Taxis selbst zusammen. Verhooff schaute kurz zur Seite. Vielleicht war es wirklich so, und der Restaurator rollte sich selbst tatsächlich auf, ebenfalls mit der »Abbildung« nach außen, doch mit der Seele nach innen, geschützt vor Licht und Berührung. Was ihn anging, so durfte alles in seinem Blickfeld – Chauffeur, Mercedes, Berglandschaft – dieselbe Behandlung erfahren und in einen Köcher gepackt werden. Eine neue Daseinsform für die Lädierten unter uns: leben in einer aufgerollten Wirklichkeit.

Der Taxifahrer, ein höflicher, fast kahler Mann mit glitzernden Schweißrinnsalen auf den Schläfen, hatte das Gepäck samt Köcher in den Kofferraum gelegt. Verhooff stellte sich vor, daß jemand von hinten auf den Mercedes auffuhr und sich das Heck in eine zur Ziehharmonika gefaltete Knautschzone verwandelte. Zwischen dem zerbeulten Blech schauten daraufhin die Enden des geplätteten Köchers hervor, in dessen Inneren einige hellblaue, zartrote und seufzendgelbe Plättchen und Streifen zu sehen waren; für den arglosen Betrachter nicht zuzuordnende Farbsplitter.

Am Flughafen angekommen, stieg Olde Husink erst aus, nachdem Verhooff ihm auf den Oberarm getippt hatte.

»Geben Sie den nur mir«, sagte er zum Taxifahrer, als dieser den Köcher Olde Husink überreichen wollte. Olde Husink bewegte sich wie jemand, der in einem Kinderfilm einen Schlafwandler darstellen soll. Selbst seinen Trolley zog er nur mühsam hinter sich her.

Am Schalter fragte die Mitarbeiterin von Slovenian Airlines: »Wollen Sie noch Gepäck aufgeben?«

Verhooff schüttelte den Kopf.

Die junge Frau betrachtete forschend den Köcher, der über seiner Schulter hing, und sagte: »Der ist etwas zu groß fürs Handgepäck.«

Mit einer fast liebkosenden Geste legte Verhooff seine Hand auf den Köcher. »Ich nehme ihn lieber mit an Bord.«

Diese Bemerkung hatte nicht den gewünschten Effekt. »Ich bitte Sie, das Gepäckstück jetzt aufzugeben. Sie bekommen Probleme mit dem Bodenpersonal, wenn Sie an Bord gehen. Oder aber mit der Crew in der Maschine. Wenn ich es nicht einchecke, bekomme ich Probleme mit meinen Kollegen. Würden Sie den Köcher also jetzt bitte aufs Band legen?«

Verhooff hielt den Köcher immer noch in den Händen. Neben ihm trat Olde Husink von einem Fuß auf den andern.

»Und wenn wir unsere beiden Koffer aufgeben und

nur den Köcher mit an Bord nehmen?« Verhooff hob dabei in einer Geste des Entgegenkommens sogar seine Schultern.

Die junge Frau am Check-in-Schalter stieß einen tiefen Seufzer aus. Ohne sich dafür umdrehen zu müssen, spürte Verhooff, daß in der Schlange hinter ihm Unruhe aufkam. Er überlegte, die Frau zu bitten, ihren Chef hinzuzuholen. Doch mit dieser Frage lief er Gefahr, daß die Wartenden sich offen gegen ihn wandten. Ein neues Unheilszenario entfaltete sich: ein Handgemenge und ein zerknickter Köcher.

Wie groß war die Wahrscheinlichkeit, daß das Gepäck bei einem Direktflug nach Amsterdam verlorenging? Minimal, entschied er.

»Darf ich fragen, warum Sie nicht kooperativ sind?« wollte die junge Frau wissen. Unter den unbeweglichen Augenbrauen verdüsterte sich ihr Blick. »Was ist eigentlich darin, daß Sie ihn unbedingt bei sich behalten wollen?«

Ohne eine Antwort zu geben, ließ Verhooff den Riemen von seiner Schulter gleiten. Mit einer routinierten Bewegung befestigte die Frau einen Gepäckaufkleber auf dem Köcher. Kaum lag er auf dem Gepäckband, machte der Köcher eine Kurve und stieß gegen die Rückwand.

Mit einem schlurfenden Olde Husink im Schlepptau begab Verhooff sich zu dem Gate, das auf der Bordkarte angegeben war. Als er bei der Sicherheitskontrolle durch den Metalldetektor ging, ertönte ein Summen. Man winkte ihn heraus. Ein Bursche vom Zoll bat ihn, den Hosengürtel zu entfernen und die Schuhe auszuziehen. Auf Socken und mit einer Hose, die herabzurutschen drohte, stand er nun einer Rotznase gegenüber, die seine Taille und seinen Hintern mit Händen abtastete, die sich im Rhythmus professionellen Widerwillens bewegten.

In der Zwischenzeit war Olde Husink erneut auf der Toilette verschwunden. Er kam erst heraus, nachdem Verhooff seine Schuhe wieder hatte anziehen dürfen. Bei Olde Husink gab der Detektor keinen Alarm.

»Ich habe meine Medikamente in der falschen Reihenfolge eingenommen«, sagte der Restaurator griesgrämig.

»Ach ja?« erwiderte Verhooff.

Sie saßen am Gate und warteten.

»Ja«, sagte Olde Husink schleppend. »Richtig ist: zuerst zwei Betablocker und kurz vor dem Einsteigen das Temazepam. Ich hab sie andersherum geschluckt.«

»Mensch, so ein Mist«, sagte Verhooff tonlos. Er selbst war todmüde – ohne irgendeine Tablette genommen zu haben. Es war, als wäre mit dem auf dem Gepäckband sich entfernenden Köcher auch sein letztes bißchen Energie davongerumpelt.

Die Passagiere von Flug SA 3862 konnten einsteigen.

Sie saßen nebeneinander in Reihe acht, Olde Husink auf dem mittleren Platz, Verhooff am Gang. Er verstand sich selbst nicht: Der Rothko war, wenn auch beschädigt, ausfindig gemacht und zurückerobert worden, so daß seine Reise in Richtung der tiefen Höhlen der Anonymität und des Vergessens vereitelt war. Wieso fühlte er sich dann geschlagen und hilflos? Sollte die Entwendung jemals bekannt werden, konnte er doch immer noch auf Ehre und Gewissen verkünden, er selbst habe den Rothko eigenhändig zurückgebracht? Er kannte keinen Museumsdirektor, dem er dies zutrauen würde.

Ja, der Riß in der Leinwand war ein Drama – doch ein retuschierbares und daher beherrschbares Drama, trotz der unvermeidlichen Wertminderung infolge des Schadens. Wie groß mochte die Wertminderung überhaupt sein?

Doch hinter diesem Drama verbarg sich die unangenehme Vermutung, daß nicht Emma Duiker, sondern er den natürlichen Lauf der Dinge unterbrochen hatte. Im Licht einer zukünftigen Ewigkeit (der Ewigkeit, die Kunst heißt) hatte er nicht *ein* Kunstwerk beschädigt, sondern zwei.

Und außerdem mußte das Ding, das jetzt im Köcher im eiskalten Laderaum des Flugzeugs zweifellos hin- und hergeschleudert wurde, auch noch von dem dämlichen Tablettenschlucker, der neben ihm saß, restauriert werden. Wie lange würde eine solche Restaurierung tatsächlich dauern? Wenn das Hollands Museum wieder eröffnet wurde, war Olde Husink in den heimlich aufgesparten Stunden vermutlich immer noch damit beschäftigt, die Leinwand zu nähen, exakt nach den Gesetzen der endlosen Pingeligkeit, auf die Restauratoren ein Patent zu haben schienen.

Vorne im Flugzeug wurde ein blauer Vorhang beiseitegeschoben. Eine Stewardeß ging rückwärts mit einem Wagen voller Getränke durch den Gang.

Olde Husink war eingeschlafen. Sein gegerbter Schädel ruhte, auf unnatürlich wirkende Weise abgeknickt, an der Rückenlehne. Der Mund war halbgeöffnet, die Oberlippe aufwärts gewölbt. Hinter ihm plätscherte weißes Licht durch das Fenster ins Flugzeug. Vor dem Hintergrund des rauschenden Brummens der Motoren hörte Verhooff ihn nach einer Weile sonor schnarchen. Er wandte den Blick ab, schaute aber gleich darauf doch wieder hinüber, als wollte er sich selbst bestrafen, indem er die Nasenlöcher Olde Husinks, dessen offenen Mund, die nach hinten gelegte Zunge und das hin und wieder vibrierende Gaumenzäpfchen studierte.

»Kaffee, bitte«, sagte er zu der Stewardeß, die mit dem Wagen bei ihm angekommen war.

Kurz vor der Landung fuhr Olde Husink aus dem Schlaf. Er gähnte. »Wo ist der Köcher?« fragte er, die Hand vor dem Mund und noch während des Gähnens.

»Ich mußte ihn aufgeben«, antwortete Verhooff. »Das Ding war zu groß. Weißt du das nicht mehr?«

Olde Hulsink legte seine Hand auf die Augen. »Gütiger Gott«, erklang es dumpf. »Der Laderaum ist eine Gefriertruhe. Erst die Sonne, dann der Riß und jetzt die Kälte. Würde ein lebendiges Wesen das überstehen? Nein.«

Verhooff ging nicht darauf ein. Beim Aussteigen drängelten beide sich mit Erfolg vor. Direktor und Restaurator waren als erste am Gepäckband. Die Wartezeit auf das Gepäck von Flug SA 3862 war erträglich: sechzehn Minuten. Fortwährend erbrach die Öffnung am Ende des Bandes schwarze, graue, große Koffer. Dann plumpste zwischen all den gräulichen Brocken der zerbrechliche Köcher heraus. Olde Husink wippte kurz auf und ab, als der Köcher mit einem trockenen Rumms gegen den Rand des Förderbands stieß. Verhooff fischte ihn zwischen zwei schwarzen Samsonites heraus.

Schweigend gingen sie, jeder seinen Trolley hinter sich herziehend, in Richtung Ankunftshalle. In dem Korridor aus Geschäften und Fastfoodrestaurants angekommen, blieben sie inmitten des Stroms von Reisenden gleichzeitig stehen, und ohne vorher ein Wort zu wechseln, öffnete Olde Husink den zugeklebten Deckel des Köchers. Ihre Köpfe stießen hart aneinander, als sie beide in den Köcher schauten. Direktor und Restaurator hoben, wiederum zugleich, den Kopf. Der aufgerollte Rothko war noch da. Was hatten sie denn gedacht? Vom Bodenpersonal des Amsterdamer Flughafens gestohlen?

Es war halb zwei nachmittags. Ein Marokkaner mit einer Menge Gel im Haar, die mindestens zehn Ejakulationen entsprach, brachte sie, während House-Musik laut durch den Wagen krawummte, in das westliche Hafengebiet. Ein halber Arbeitstag lag noch vor ihnen.

Als er wieder in seinem Büro saß, mußte Verhooff den Gedanken unterdrücken, daß *Untitled No. 18* sich während des Flugs in ein Wesen aus Fleisch und Blut verwandelt hatte, in eine umherirrende, vom Reisen ermüdete Seele. Diese Seele sehnte sich nach einer vertrauten Umgebung, nach einem Zuhause. Es war, als hätte er ein Kind zurück nach Hause gebracht.

Vielleicht wäre es gut, ins Depot zu gehen und *Untitled* zu streicheln. Ein kurzer Schauder der Scham durchfuhr ihn bei diesem Gedanken – und er dachte ihn noch einmal.

11
Während der ersten Tage, die auf die Dienstreise nach Ljubljana folgten, rechnete Verhooff ernsthaft damit, daß all die Kapriolen, die es um *Untitled No. 18* gegeben hatte, den Museumsmitarbeitern doch noch bekannt werden würden. Etwa durch Emma Duiker, die natürlich von einem ihrer zweifelhaften Geistesverwandten informiert worden war ... Außerdem hatte er das Gefühl, daß man ihm die Beschädigung des Rothko ansehen konnte; als hätte der Riß in der Leinwand indirekt eine zweite Beschädigung bewirkt, bei ihm selbst und für jeden sichtbar.

Einmal überkam ihn sogar der – verrückte, aber deshalb nicht weniger reizvolle – Gedanke, daß das Loch in *Untitled No. 18* sich einfach verdoppelt hatte und er nun eine identische Lücke aufwies, irgendwo zwischen Unterleib und Brustkorb; keine amorphe Aushöhlung in seinem Inneren, sondern ein sauberes, kreisrundes und cartooneskes Loch von der Größe eines Tennisballs, durch das man bequem, wenn man gut zielte, einen Euro oder eine kleine Papierkugel werfen konnte. Das Loch erstreckte sich auch auf seine Kleidung und war blitzsauber, kein bißchen Blut war zu sehen, und die Eingeweide hatten sich ordentlich darum herumgruppiert – und damit war Verhooffs imaginierte Aushöhlung ja doch das Gegenteil vom Riß in Rothkos Gemälde.

Doch weder ein Museumsmitarbeiter noch jemand von außen sprach ihn auf eine wie auch immer geartete Beschädigung von *Untitled No. 18* an. Nicht einmal der Ausflug nach Ljubljana wurde erwähnt, so daß Verhooff nach einer Weile wagte zu denken: Warum sollte man auch? Emma Duiker und ihre Jungs hatten den Rothko geräuschlos verschwinden lassen, doch er hatte das Kleinod ebenso geräuschlos wieder zurückgebracht. Die Reise, die *Untitled No. 18* absolviert hatte, konnte verdeckt und ungeschehen gemacht werden.

Auch die Nachsendung von Keilrahmen und Rahmen verlief ohne Zwischenfälle. Er selbst unterschrieb an der Rezeption der Außenstelle des Museums im westlichen Hafengebiet den Empfangsbeleg, und ohne zu erwähnen, was in dem Pappkarton – keine Kiste – aus Slowenien war, gab Verhooff einem Kollegen aus der Transportabteilung den Auftrag, die Schachtel in Olde Husinks Restaurierungswerkstatt abzugeben.

Von Olde Husink hörte er nichts mehr, auch nicht per E-Mail. Während der Mitarbeiterbesprechungen gab Olde Husink wieder den einsiedlerischen und schweigsamen Mann wie zuvor. Es war, als hätte der Restaurator die Reise im Flugzeug nie unternommen. Sogar Emma Duiker schien sich in Luft aufgelöst zu haben. Zwei Tage nach ihrer Rückkehr aus Ljubljana hatte Verhooff sie angerufen. Er hielt es für angebracht, ihr, pro forma, zu berichten, daß *Untitled No. 18* sich wieder im Museumsdepot befand.

»Das weiß ich«, hatte sie erwidert. Er stellte ihr keine weiteren Fragen. Vielleicht hatte sie das Projekt nach seiner Intervention ja abgeblasen.

Während des Telefonats zeigte sie sich nicht sehr gesprächig.

»Wir als Museum informieren die Öffentlichkeit nicht über das Verschwinden des Bildes«, versuchte er sie aus der Reserve zu locken.

»Okay«, antwortete Emma Duiker.

Spielte *sie* jetzt die Beleidigte? Narzißten faßten jedes Hindernis, das sich ihnen wie allen anderen in den Weg stellte, als persönliche Kränkung auf.

»Verstehe ich das richtig, daß deiner Ansicht nach nicht das Hollands Museum sondern du die Geschädigte bist?«

»Nein, das denke ich überhaupt nicht«, sagte sie. »Ich hatte mir den Verlauf meines Projekts nur ein wenig anders, ein wenig harmonischer vorgestellt.«

Verhooff ließ den Blick über seinen Schreibtisch gleiten. Ordner, Berichte, Kleinkram wie Stifte und Aufbewahrungsschachteln. Er beließ es dabei, er widersprach ihr nicht. Zermürbt legte er das Handy beiseite.

Die laufenden Geschäfte nahmen ihn nun wieder voll und ganz in Anspruch. Verhooff stieg während der Bürozeiten hinab in die grauen Katakomben der alltäglichen Routine, wo die fortwährenden »Besprechungen« dafür sorgten, daß alles noch einen Ton grauer wurde. Besprechungen mit der Stadt Amsterdam. Besprechungen mit den Architekten und Einrichtungsdesignern über Fragen des Neubaus und der Renovierung des Museums. Besprechungen mit den Konservatoren. Mit Projektentwicklern, Bauunternehmern, Baustellenleitern, Aufsehern, Geldgebern, Lobbyisten, Analysten, Steuerberatern, Verwaltungsmenschen, Kommissionsmitgliedern, Angehörigen des Bezirksrates, Vereinsvertretern. Hin und wieder nahm er ein Kunstwerk in Augenschein. Es gab die frühen Morgen und, manchmal, die langen Abende in »seinem« Museumsflügel. Er schlief schlecht. Manchmal machte er allein einen Spaziergang durch das leere Gebäude. Ganz selten sah er seine Söhne. Verhooff ertappte sich dabei, daß er sich nach einem ganz normalen Apartment sehnte. Mit einer normalen Küche und einem ebensolchen Badezimmer.

Und dann waren da die unausweichlichen Dienstreisen. Zu den Biennalen in São Paulo und Venedig. Bei Ausstellungseröffnungen in verschiedenen europäischen Museen war seine Anwesenheit erforderlich: *wining and dining* in London, Paris, Düsseldorf, Madrid, San Francisco. Er tätigte zwei Ankäufe, die es in die Zeitung schafften. Er gab internationalen Zeitungen und Fernsehsendern durchschnittlich drei Interviews im Monat über den Fortgang der Bauarbeiten – die sich, ganz gemäß der neuen niederländischen Tradition, verzögerten.

Irgendwann mußte der Neue Flügel abgerissen werden. Es kam der Tag, an dem zwei Umzugswagen auf die Baustelle fuhren, die einen Parkplatz zwischen den Containern, den Betonlastern, Kränen und Rammen fanden. Zusammen mit dem Baustellenleiter, einem enthusiastischen untersetzten Mann mit einem riesigen Schnurrbart, dessen Enden archaisch hochgezwirbelt waren, ging Verhooff zum soundsovielten Mal an der riesigen Baugrube entlang, die während der letzten Monate seine Aussicht dominiert hatte. Der Baustellenleiter war wild auf Zahlen, die die Größe des Unternehmens unterstrichen, und deutete auf einen zwanzig Meter hohen Kran, der am Rand des Baugeländes stand.

»Schau dort, das ist für dich vielleicht interessant.

Wir verbauen hier Stahlträger, die pro Stück vierundvierzig Tonnen wiegen. An den Kran montieren wir ein Kontergewicht von dreihundertachtzig Tonnen. Dreihundertachtzig! Das ist nötig, denn wenn der Träger abfällt oder der Kran umstürzt, gibt es in Amsterdam-Zentrum einen Erdstoß, der sich gewaschen hat. Da kannst du mal sehen, was alles für die Kunst getan werden muß, die du hier zeigen willst ...«

Verhooff nickte beeindruckt, doch auch ein wenig belemmert. Solche Zahlen bekamen für ihn erst Leben, wenn er sich die Zartheit der Leinwand von *Untitled No. 18* wieder vor Augen führte, des Gemäldes, um das auch solch riesige Zahlen schwebten ... Zwei bis drei Jahre Arbeit für die Restaurierung. Erlös bei einer – hypothetischen – Auktion: zwischen achtundzwanzig und zweiunddreißig Millionen Euro. Oder war der Wert durch die Beschädigung dramatisch gesunken? Dagegen kam kein bleischwerer Träger an.

Er bezog eine Mietwohnung an der Zuidas, wo er bereits in der ersten Woche ein Einschreiben des Anwalts seiner Exfrau bekam, in dem dieser die Neuberechnung der Alimente ankündigte. Es war, als hätten das Umzugsunternehmen und die Anwaltskanzlei das so verabredet: Mit einem Schlag war er vom kaum vierzigjährigen Sonntagskind mit einem leeren Museum als Spielplatz degradiert worden zu einem austauschbaren, alleinstehenden Mann mittleren Alters in einer Dreizimmerwohnung, der gewaltige Unterhaltszahlungen stemmen mußte.

Verhooff hatte ein leicht gewölbtes Bäuchlein, das in jenen Monaten zu einem Bauch zu werden drohte. Und mitten in diesem Bauch bildete sich ein unangenehmer Knoten, als eines Tages in *Het Amsterdams Devies* ein Artikel erschien, in dem es um das, wie die Zeitung es formulierte,»gewünschte Profil des zukünftigen Direktors des Hollands Museums« ging. Der Untertitel des Artikels lautete:»Welche Namen sind im Gespräch?« Und darauf folgte tatsächlich eine Reihe von Namen. Lauter Subkoryphäen aus dem Ausland, stellte Verhooff fest. Zwei Amerikaner. Ein Deutscher, der aktuell in der Kunsthalle Essen tätig war. Eine Französin, stellvertretende Direktorin des Centre Pompidou.

Noch am selben Tag erreichte die Diskussion die überregionalen Zeitungen und Fernsehsender. Die PR-Abteilung des Museums mußte eine regelrechte Flut von Anrufen beantworten. Kolumnisten und Kunstkritiker stürzten sich auf das Thema, das mit erkennbarer Schadenfreude erörtert und ausgekostet wurde: Wer wird der neue Direktor des Hollands Museums, wenn Verhooffs Amtszeit abgelaufen ist?

Verhooff rief Albertien Wijffels an, die Kulturdezernentin der Stadt Amsterdam, und bekam deren Sekretärin an den Apparat. Er würde es später noch einmal versuchen, vielen Dank. Auch später gelang es ihm nicht, sie zu erreichen, und er redete sich ein, daß dies kein schlechtes Zeichen war.

Verhooff hatte sich oft genug eine Meinung darüber bilden können, wie in den Medien Hypes kreiert werden, und jetzt befand er sich zum ersten Mal in seinem Leben im Auge des Medienorkans. Er war die Nadelspitze, um die diese selbstgemachte Turbulenz rotierte. Die Direktoren anderer Museen, Stadtratsmitglieder, Beamte, Künstler – alle fragte man nach dem »Profil des idealen Direktors für das Hollands Museum«.

Verhooff sondierte bei seinen engsten Mitarbeitern. Er stieß auf Scham und bekam ausweichende Antworten. Wie sich zeigte, war er mehr oder weniger der einzige, der während der letzten Monate nicht mitbekommen hatte, daß man sich zuflüsterte, sein Vertrag werde wohl nicht verlängert werden. Und niemand im Museum hatte ihn darauf ansprechen wollen, weil man annahm, Verhooff habe beschlossen, die Gerüchte zu ignorieren.

Das Flüstern wurde zu lautem Gerede. *Het Amsterdams Devies* publizierte kleine Interviews mit zwei der genannten Kandidaten, dem Deutschen und der Französin. Verhooff las sie mit dem Knoten im Bauch, der allmählich fester angezogen wurde. Der Knoten wurde zum Würgestrick, als er las, daß die Pläne der Aspiranten sich ähnelten: Beide verkündeten, mit einer großen Ausstellung von Höhepunkten aus der, wie sie es nannten, »reichen Sammlung des Hollands Museums« beginnen zu wollen. Der Deutsche und die Französin listeten jeweils die bekannten Namen auf: Cézanne, Picasso, Mondrian, Léger, Matisse, Appel, de Kooning, Rothko, Sherman, Beuys, Stella, Nauman, Baselitz.

Rothko. Natürlich.

Das Szenario konnte er sich mühelos ausmalen. Sein Nachfolger würde mit der nie öffentlich gemachten Beschädigung eines der Meisterwerke konfrontiert werden. Rückwirkend würde die Vertuschung ans Licht kommen. Verhooff würde sich am Ende doch verantworten müssen.

Am selben Tag noch besuchte er Olde Husinks Restaurierungswerkstatt. Verhooff war lange nicht dort gewesen, stillschweigend davon ausgehend, daß der Restaurator und Einsiedler peu à peu an der Reparatur des Bildes arbeitete.

Olde Husink war nicht wirklich erfreut über Verhooffs überraschenden Besuch. »Oh, jetzt mußt du also plötzlich unbedingt nach *Untitled* schauen? Nachdem ich monatelang nichts von dir gehört habe!«

Es erschien Verhooff klüger, diesen Vorwurf zu ignorieren. Es fehlte nicht viel, und er geriet mit Olde Husink in einen beinah ehelichen Streit, der von persönlichen Verletzungen beherrscht wurde.

»Wie weit bist du mit der Restaurierung?« fragte er.

Olde Husink reagierte gereizt. »Wie sollte ich einigermaßen vorwärtskommen, wenn ich *Untitled* in mühsam freigeschaufelten Stunden restaurieren muß?« murrte er. »Wenn man *fulltime* an dem Riß arbeiten könnte, hätte man es nach einem Jahr vermutlich zur Hälfte geschafft. Niemand ahnt, was für eine Präzisionsarbeit das Ganze ist. Und außerdem: Meine normalen Arbeiten kann ich nicht einfach so links liegenlassen. Die Restaurierung von *Untitled* ist, wenn wir sie nicht nach außen vergeben, eine Sache von Jahren.«

War dies die Rache eines Menschen, der gezwungen worden war, auf Reisen zu gehen?

»Dann haben wir ein großes Problem«, sagte Verhooff.

»Das stimmt«, erwiderte Olde Hulsink sofort. »Aber das Problem würde kleiner werden, wenn wir das ganze Geschehen öffentlich machten. Dann verbreiten wir die Version, wir hätten *Untitled* zwar wiedergefunden, doch leider stark beschädigt. Gütiger Gott, warum zeigen wir das Mädel nicht doch noch an?«

Olde Husink war offensichtlich in so grimmiger Laune, daß er Emmas Namen nicht mehr aussprechen konnte oder wollte. Verhooff wußte, daß der Restaurator ihm diese Frage immer wieder stellen würde, ein ums andere Mal. Und was sollte er darauf antworten? Wenn er seine trotz allem weiterhin bestehende Sympathie für Emmas Motive und ihr Projekt gestünde, dann würde der Restaurator – und mit ihm viele andere – ihn kaum mehr ernst nehmen.

»Der *Victory Boogie Woogie* von Mondrian hängt im Hauptstadtmuseum doch jetzt hinter Glas?« fragte er.

Olde Husink nickte.

»Fein«, sagte Verhooff. »Wie viele Experten könnten Emma Duikers Remake noch vom Original unterscheiden, wenn sie nicht die Rückseite mit den Inventarnummern betrachten dürfen?«

»Nein«, sagte Olde Husink, »darüber will ich nicht einmal nachdenken.«

»Wie viele, Herman? Was meinst du?«

»Fünfzig, sechzig?« Olde Husink antwortete zögernd.

»Genau«, sagte Verhooff, »das denke ich auch. Aber wie viele dieser Kenner könnten das Remake noch vom Original unterscheiden, wenn es hinter Glas hängt?«

Olde Husink wedelte hastig mit beiden Händen, als säße Verhooff am Steuer und sei drauf und dran, die Stoßstange eines anderen zu touchieren.

»Darauf will ich nicht antworten«, sagte der Restaurator erregt. »Dabei mache ich nicht mit.«

»Habe ich recht, wenn ich sage: keiner?«

»Ich denke tatsächlich: keiner«, gab Olde Husink sich geschlagen.

»Genau«, sagte Verhooff. »Ich erwarte morgen von dir einen Zustandsbericht über *Untitled No. 18,* in dem du zu der Schlußfolgerung kommst, daß das Gemälde, so wie viele andere Rothkos in London, New York und Osaka, zu empfindlich ist, um noch an Dritte verliehen und auch zu empfindlich und angegriffen, um noch ohne Glasschutz in unserem Museum gezeigt zu werden. Das ist die Lösung. So hast du unbegrenzt Zeit, das Original zu reparieren. Und ich rufe Emma Duiker an. Ich werde ihr sagen, daß sie ihr Remake vorläufig nicht wiederbekommt. Dagegen wird sie nichts einzuwenden haben, um es vorsichtig auszudrücken. Sie ist sich bestimmt bewußt, daß ihr Schicksal in unseren Händen liegt. Wie vorteilhaft es für sie ist, bei diesem Tausch mitzumachen, wird sie gewiß einsehen. Die Alternative wäre, daß wir sie anzeigen, und das will niemand. Das willst du in diesem Stadium auch nicht mehr, Herman.«

Olde Husink sagte dazu nichts.

Am nächsten Tag meldete sich der Chefkonservator bei Verhooff und brachte ihm Olde Husinks Bericht. Am Tag darauf rief Verhooff Emma Duiker an, um mit ihr einen Termin zu vereinbaren. Falls sie darüber erstaunt war, nach Monaten wieder von ihm zu hören, dann verbarg sie das gut. Er schlug einen Treffpunkt vor. Das Hilton, in der Brasserie.

»Was für ein wunderbarer, zwielichtiger Ort«, sagte Emma. »Dann gesellen wir uns zu den neureichen Drogendealern und Immobilienburschen. Wie aufregend.«

»Damit wir uns nicht mißverstehen«, sagte Verhooff kalt und streng, »diesmal möchte ich dich wirklich unter vier Augen sprechen. Du kannst deine Jungs also daheim lassen. Um zwei Uhr morgen nachmittag. Einverstanden?«

Es blieb still am anderen Ende der Leitung.

»Dann sehen wir uns also«, bestätigte er daraufhin eben selbst.

12

Verhooff war absichtlich früher im Hilton, so daß er, auf einem der Sofas in der Lobby sitzend, aus einiger Entfernung Emmas Ankunft beobachten konnte. Als der Portier die hohe Glastür für sie öffnete, dachte Verhooff, was er schon sehr oft in Momenten gedacht hatte, in denen er sie in Augenschein genommen hatte: War das wirklich eine Künstlerin, die hier ihre Aufwartung machte?

Emma Duiker trug eine moosgrüne Armeehose mit aufgesetzten Taschen und darüber ein Sweatshirt, das mit den Punkten von Damien Hirst beflockt war. Eine Schauspielerin des Avantgarde-Theaters, die für etwas Kommerzielles vorspricht. Eine Singer-Songwriterin, die nicht nur Klavier und Gitarre, sondern auch Geige und, falls gewünscht, zudem noch Posaune spielt. Auf jeden Fall: Eine Frau, die nicht gewohnt ist, das Wort »nein« zu hören, Lieferantin und Empfängerin von Erfolg und guten Nachrichten.

Die unvermeidlichen drei Küsse bei der Begrüßung waren, was sie anging, flüchtig; sie küßte die Atmosphäre gleich neben seinen Wangen.

Emma kam sofort zur Sache. »Meine Jungs absolvieren gerade ihr letztes Jahr an der Kunstakademie. Ich arbeite jetzt wieder allein, weil ich keine Assistenten mehr brauche.«

So bestimmte sie sogleich den Ton des Gesprächs. Verhooff machte davon dankbar Gebrauch.

»Es besteht die Möglichkeit, daß ich bei der Wiedereröffnung des Museums nicht mehr dessen Direktor bin. Wenn das Hollands wieder seine Tore öffnet, wird mein Nachfolger *Untitled* ganz bestimmt einen Ehrenplatz geben wollen. Ich brauche dein Rothko-Remake.«

Was er sonst noch sagen mußte, brachte er erst über die Lippen, als er gleichzeitig etwas anderes tun konnte und so eine Entschuldigung hatte, um seinen Blick abzuwenden. Während er dem Kellner winkte, sagte er: »Der echte wurde beschädigt bei der, bei der ... Wiederbeschaffung.«

Ein kurzer Blickwechsel.

»Das weiß ich«, sagte sie. »Und es tut mir leid. Wenn es nach mir gegangen wäre, wäre in Novo Mesto alles anders verlaufen.«

Überrascht sah Verhooff sie an. »Das weißt du?«

Es wunderte ihn nicht, daß sie mit Frau Zaitz von der Schule in Novo Mesto in Kontakt getreten war. Vermutlich hatte Emma die Ausstellungsorte alle selbst ausgewählt. Doch woher wußte sie, was im Hotelzimmer vorgefallen war? Hatte sie mit Herman Olde Husink gesprochen?

»Nach deinem Besuch entdeckten meine Jungs, daß mein Laptop gehackt worden war«, sagte sie. »Jemand hatte in meinen Mails herumgeschnüffelt. Das konnte kein Zufall sein. Die IP-Adresse des Schnüfflers war leicht zu ermitteln. Ich fand das nicht wirklich, wie soll ich sagen ... ich fand das nicht wirklich erhebend von dir. Daraufhin habe ich im Hollands angerufen, und deine Sekretärin sagte mir, du seiest auf Dienstreise in Slowenien. Da wußte ich genug.«

»Und dann?« fragte Verhooff. Wie hatte er sie nur so unterschätzen können?

»Dann mußte ich mit einer beschleunigten Beendigung des Projekts rechnen, um es neutral auszudrükken. Ich schaltete meine Kontaktperson in Ljubljana ein. Edo Veerkamp war von Anfang an in das Projekt involviert. Er machte in diesem Jahr ein Praktikum in Ljubljana. Zunächst hatte er keine Lust, Taxifahrer und Reiseführer zu spielen.«

Verhooff brauchte eine Weile, um diese Information zu verarbeiten.

»Aber wenn du wußtest, daß ich auf dem Weg war, um *Untitled* zu holen, dann hättest du die Schule in Novo Mesto doch auch selbst informieren können«, sagte er. »Wozu brauchtest du Edo?«

Sie sah ihn erstaunt an. »Und dann würde mein Projekt im letzten Moment scheitern? Nein, niemals. Dies war die schönste Lösung. Das Projekt sollte trotz allem auf eine organische Weise enden. *Untitled* würde ohne jeden Lärm und inkognito nach Amsterdam zurückkehren. Es war nicht der ideale Abschluß des Projekts, aber damit konnte ich leben.«

Verhooff versuchte, seine Verwirrung zu verbergen. Es war, als säße er auf einem Schleudersitz, dessen Bedienungsknopf nur Emma betätigen konnte.

»Zwei Kleinkriminelle, die *Untitled* aus der Schule stehlen«, sagte er nach einem kurzen Schweigen. »Das nennst du organisch?«

Jetzt schaute Emma in eine andere Richtung. »So war das nie geplant. Das war Edos eigene Initiative. Er schickte mir ein paar SMS in dieser Sache. Unakzeptabel, fand ich. Aber das Ganze war bereits in die Wege geleitet, und er behauptete, er könne die beiden Burschen nicht mehr zurückpfeifen. Und dann geschah genau das, was ich befürchtet hatte. Vorher war alles perfekt organisiert. *Untitled* war in Oslo, in einem kleinen Ort bei Berlin, in Danzig, Prag, Budapest. Und dann ging es nach Ljubljana. Wir waren dabei, ein Meisterwerk zu schaffen. Eine lautlose reisende Performance. Alles ist dokumentiert, mit Fotos und Geschichten. In diesem Sinne ist mein Werk vollendet.«

»Aber warum hast du den Rothko nicht schnell aus der Schule holen lassen?«

Erneut ein Seufzer, jedoch einer, in dem trotz allem eine gewisse Betroffenheit mitschwang.

»Diebe schaffen ihre Beute beiseite, wenn die Gefahr besteht, daß diese gefunden wird«, erwiderte sie. »Ich bin keine Diebin, und *Untitled* war keine Beute. Verstehst du das immer noch nicht? Du hattest die Möglichkeit, mich zur Diebin zu erniedrigen, indem du mich anzeigst. Das hast du nicht gemacht, und dafür bin ich dir dankbar. Du hast das Verschwinden nicht öffentlich gemacht. Aber du hast mich auch nicht in die Lage versetzt, mein Kunstwerk zu vollenden. Du hast die Geschichte unterbrochen, oder besser gesagt, du hast dich selbst zu einem Teil meines Projekts gemacht. Ich selbst hatte ein anderes, weniger ... zwingendes Ende im Sinn.«

»Darf dein Mitschöpfer vielleicht wissen, was du jetzt mit deinem Projekt vorhast?« fragte Verhooff mit machtlosem Sarkasmus.

»Das weiß ich nicht«, antwortete sie aufrichtig. »Nichts, denke ich. Ich warte. Ohne deine Mitarbeit kann ich *Untitled Revisited,* so will ich es nennen, ohne deine Mitarbeit kann ich das Projekt, die Bilder, die Filme und Fotos, die Geschichten der Menschen, bei denen es gehangen hat, die ganze Dokumentation, aus der das Projekt besteht, nicht veröffentlichen. Später schon, unter anderen Umständen.«

»Und an was für Umstände hast du dabei gedacht?«

»Direktoren kommen und gehen. Du wirst auch nicht ewig im Hollands Museum bleiben. Das hast du mir vorhin selber gesagt.«

Verhooff staunte immer noch über ihre Kühnheit. Andererseits: Emma las natürlich auch Zeitung.

»Unter einem neuen Direktor könnte es Interesse an meinem Kunstwerk geben«, fuhr sie fort. »Und dann wäre meine, hmm, Ausleihe von *Untitled* auch weniger belastend. Möglicherweise aber sieht die heutige Museumsleitung ja auch plötzlich ein, daß mein Totalprojekt *Untitled Revisited* nur an einen einzigen Ort gehört: ins Hollands Museum.«

Verhooff konnte nichts dagegen tun, er brach in Gelächter aus. Ausleihe. Sie hatte das Werk geliehen bekommen. Emma sprach einfach weiter.

»Gib zu, wenn ein anderes Museum mein *Untitled Revisited* zeigt, dann fällt dem Hollands Museum in meinem Totalprojekt unvermeidlich die Rolle einer Figur in meinem Schachspiel zu. Willst du das? Das glaube ich nicht. Wenn aber das Hollands selbst mein Werk kauft, dann muß man dies als ein Statement betrachten. Vorteilhaft ist außerdem, daß das Museum nach dem Ankauf von *Untitled Revisited* Besitzer aller Einzelteile des Projekts wird, also auch all meiner Remakes von *Untitled*. Wenn du meine Arbeit kaufst, mußt du mich also nicht einmal um einen Gefallen bitten, wenn du für eine Weile ein Double brauchst.«

Emma saß nun leicht vornübergebeugt vor ihm, beinahe so, als wollte sie seine Hände ergreifen. Hatte jemals irgendwer zu dieser Frau »nein« gesagt, als sie noch ein Kind war?

»Angenommen, ich gehe auf deinen Vorschlag ein«, sagte er, »wieviel soll dein ... Totalprojekt denn kosten?« Es fiel ihm schwer, ihre Wortwahl zu übernehmen, weil das zu sehr nach Zustimmung klang.

»Bist du darüber informiert, welche Preise meine aktuellen Arbeiten erzielen? Das Ludwig in Köln hat meine Richter-Adaption für zwanzigtausend Euro gekauft. Auf Auktionen werden meine Werke mit etwa fünfzehn- bis zwanzigtausend Euro zugeschlagen. Mit diesen Bildern kann ich mein Leben lang weitermachen. Das Experiment ist noch lange nicht beendet. Aber *Untitled Revisited* ist einmalig und unwiederholbar. Ich hoffe, dies alles berücksichtigst du, wenn ich dir den Preis nenne, an den ich gedacht habe.«

»Und der ist?« fragte Verhooff gereizt. Meistens bedeutete es nichts Gutes, wenn ein Künstler erst einen langen Vortrag hielt, ehe er den Preis nannte.

»Schwer zu sagen«, erwiderte Emma. »Die Produktionskosten für das ganze Projekt waren natürlich hoch. Die Logistik hat viel Geld verschlungen. Der Transport, die Organisation ... Die Assistenten vor Ort mußten natürlich auch bezahlt werden, denn nicht alle haben aus lauter Idealismus mitgearbeitet. Man würde es nicht gleich annehmen, aber da stecken Zehntausende Euro drin. Ich habe zwei Kredite aufnehmen müssen, um die Finanzierung zu stemmen. Der Autor, den ich gebeten habe, die ganze Geschichte aufzuschreiben, wollte auch ein gepfeffertes Honorar haben. Das habe ich unterschätzt.«

»Raus mit der Sprache«, sagte Verhooff, den eine immer stärker werdende Lustlosigkeit erfaßte. Emma wußte, daß er keine Wahl hatte. Ohne ihr Remake war er aufgeschmissen.

»Ich denke an einen speziell für das Hollands reduzierten Betrag. Er darf etwas niedriger sein, als meine regulären Arbeiten normalerweise kosten.«

Das wiederum überraschte ihn positiv.

»Ich nenne dir meinen Preis, und dann kannst du es dir überlegen. Du mußt dich natürlich nicht sofort entscheiden.«

»Davon gehe ich aus«, erwiderte er. An Ort und Stelle das Geschäft per Handschlag besiegeln, das fehlte gerade noch!

Emma schob ihre Teetasse von sich und sah ihm dabei direkt in die Augen.

»Ein Euro. Und keine Erstattung der Unkosten. Die übernehme ich.«

Es dauerte einen Moment, ehe Verhooff antworten

konnte. Wenn er sich nicht vorsah, stimmte ihre Großzügigkeit ihn dankbar – was auch nicht Sinn der Sache sein konnte, denn am Beginn dieser Geschichte stand der Mißbrauch von Vertrauen. Und Verrat.

»Wundert dich das?« fragte Emma. »Verstehst du nicht? Es ging mir von Anfang an um die Kunst, um nichts als die Kunst. Wenn ich ein Meisterwerk loslösen will von dem Millionenbetrag, der es umschwebt, dann wäre es doch merkwürdig, wenn ich mein eigenes Projekt am Ende doch mit Geschäft und Kapital in Verbindung bringe. Ein Euro ist ein guter Preis. Recht und billig.«

Verhooff starrte sie an wie ein Idiot. Emma lachte laut los. Er zupfte irgendwas an Jackett und Oberhemd zurecht.

»Einverstanden. Ich brauche keine Bedenkzeit.«

Da tauchte wieder der neunjährige Junge auf, der große Kerl im Schwimmbad. Einen Aspekt der Erinnerung an den desaströsen Sprung hatte er besonders nachhaltig verdrängt. Doch dieser Aspekt drängte sich ihm jetzt auf. Er hatte ein Mädchen aus seiner Klasse beeindrucken wollen.

»Schön«, sagte sie und reichte ihm die Hand.

Ihr Händedruck über den Tisch hinweg dauerte nur kurz, war hastig, leicht verschämt sogar, als meinten sie, alle anderen in der Brasserie beobachteten sie.

»Außer meinen Assistenten vor Ort weiß niemand von dem Projekt«, fuhr sie fort. »Mit einer Ausnahme. Ich habe ihn bereits vor einiger Zeit angeschrieben. Du kennst ihn, wenn auch, wie ich glaube, nicht persönlich. Er war sofort von meinem Projekt fasziniert.

Ich habe ihn gebeten, einen Essay zu *Untitled Revisited* zu schreiben, und es ist ein schöner Text geworden. Mit viel Respekt und Verständnis für deinen Zwiespalt und deine, wie er es nennt, Selbstbeherrschung. Jeder andere Museumsdirektor wäre wahrscheinlich wie ein wilder Stier zu den Behörden gerannt. Du nicht. Das findet seine Anerkennung.«

»Und wer ist das, bitte?« Verhooff fühlte sich wider Willen geschmeichelt. Er tippte auf einen Fachmann einer spezialisierten Kunstzeitschrift.

»Bernard Shorto«, sagte sie. »Ein sehr umgänglicher Mann, wußtest du das? Er hat sofort gesehen, daß ich mit *Untitled Revisited* die äußersten Konsequenzen aus seinen Theorien zog. Seiner Ansicht nach besiegle ich mit meinem Projekt nicht das Ende der Kunst, sondern eröffne gleichzeitig auch ungeahnte Perspektiven. Das schreibt er, wortwörtlich.«

Verhooff nickte. Ein umfassendes und raumgreifendes Gefühl der Versöhnung mit der Welt wogte durch seine Brust. Emma Duiker, die sich vom Quälgeist zur unfaßbaren Idealistin gewandelt hatte, durchlief eine neue Metamorphose. Vor seinen Augen verwandelte sie sich in eine altruistische Schicksalsgöttin.

Seine plötzliche Versöhnung mit allem, was ihn umgab, mußte man seinem Gesicht ansehen können, denn Emma fragte: »Bist du jetzt überzeugt? Vertraust du nun meinen Absichten?«

Er nickte wieder, beinahe verlegen. Er fragte sie nach Details der Reise, die *Untitled* entlang der diversen von ihr genannten Orte, absolviert hatte. Emma schien auf diese Frage gewartet zu haben und berichtete, jetzt ohne Vorbehalt, ausführlich über Reaktionen von, beispielsweise, Strafgefangenen in Oslo, die mit der Zeit *Untitled* zu schätzen gelernt hatten; über Kinder, nicht nur aus Novo Mesto, die das Bild nachgezeichnet hatten und von denen manche in dem Gemälde einen Sonnenuntergang gesehen hatten. Das seien keine Banalitäten für ein Publikum, das für große Kunst kein Gefühl habe, sondern Zeichen einer universellen Empfänglichkeit für ein Meisterwerk von unschätzbarem Wert, betonte sie.

Sie erzählte mit einer Begeisterung, die Verhooff berührte. Doch berührt oder nicht, er beruhigte sich selbst mit dem Gedanken, daß das Original von *Untitled* tatsächlich problemlos für eine Weile durch Emmas Remake ersetzt werden konnte.

Als sie sich einige Zeit später wieder in der großen Eingangshalle des Hilton befanden und auf dem Weg zum Ausgang waren, wandte Verhooff sich zu ihr.

»Folgendes«, sagte er, »wenn du mir damals deinen Plan vorgelegt hättest, wenn du mir damals all das erläutert hättest, was du mir jetzt berichtet hast, dann hätte ich am Ende ja gesagt. Wirklich. Dann wäre ich mit deinem Plan einverstanden gewesen, und dein Projekt hätte nicht so laufen müssen.«

Und der Rothko wäre noch ganz, dachte er, doch das behielt er für sich. Für einen Moment war die Beschädigung von *Untitled No. 18* eine Nebensächlichkeit. Nach diesem Gespräch, hämmerte Verhooff sich selbst ein, durfte sie wieder werden, was sie war: ein Quell fortwährender Sorge und Pein.

Sie waren stehengeblieben. Sie drehte ihren Kopf

schräg zu ihm, das Kinn nach unten gedrückt, so daß es fast in dem Grübchen über dem Schlüsselbein verschwand.

»Das ist nicht wahr«, sagte sie dann, »und du weißt, daß es nicht wahr ist. Vielleicht bist du im nachhinein dieser Ansicht, nach allem, was ich dir berichtet habe. Aber du hättest niemals deine Zustimmung gegeben. Wir wollen es nicht schöner machen, als es ist. Das solltest du also besser nicht noch einmal wiederholen. Oder?«

Sie näherten sich dem Ausgang.

»Wo mußt du hin?« fragte er. »Ich nehme ein Taxi zurück ins westliche Hafengebiet. Kann ich dich irgendwo absetzen?«

Das stimmte nicht ganz – will sagen: Verhooff hatte zwar vor, ein Taxi zu nehmen, aber er wollte auf direktem Weg nach Hause. Nach diesem Gespräch hatte er nicht mehr die Energie, sein Büro zu sehen, ganz zu schweigen davon, es zu betreten.

»Nein, danke, ey. Ich bin mit dem Fahrrad.«

Er hatte bereits geahnt, daß sie sein Angebot ablehnen würde, doch mit dem Wortlaut war er zufrieden. »Nein, danke, ey.« Wenn eine noch nicht dreißigjährige Frau »ey« zu dir sagt, ist noch nicht alles verloren. Wie weit waren sie tatsächlich voneinander entfernt? Was trennte sie genau? Ein Meisterwerk? Oder höchstens der eine Euro?

Draußen angekommen, ging sie geschmeidig die breite Treppe vor dem Hilton hinab. Er haßte das Wort, doch er sah, was er sah, und sie tat, was sie tat: Sie *tänzelte* die fünf Stufen hinunter.

»Emma! Eines noch ...« Er ging ebenfalls die Treppe hinunter. Selbstverständlich bewältigte er die fünf Stufen nicht tänzelnd.

»Du bekommst diese Woche unseren Kaufvertrag. Sollte etwas drinstehen, über das du noch reden willst, dann ruf mich an.« Er zog sein Portemonnaie hervor. »Dies wird der erste Ankauf für das Hollands Museum, den ich buchstäblich aus der eigenen Tasche bezahle. Hier.«

Er überreichte ihr einen Euro. Mit einem ironischen Lächeln nahm sie die Münze. Dann streckte er die Hand erneut aus, um den Kauf zu bekräftigen.

Ihr Händedruck währte auch diesmal nur sehr kurz, denn sie zog ihre Hand sehr bald wieder zurück, so daß er nicht die Dummheit begehen konnte, seine freie Hand, teils väterlich, teils teigig schmachtend auf ihre zu legen.

Sie streckte den Rücken, faltete die Hände vor der Brust und verbeugte sich dann; es war eher ein sanftes Nicken. Fragend hob Verhooff eine Augenbraue.

»Ein japanischer Gruß«, sagte sie, »aber es bedeutet auch: danke.«

Theatralisch grinsend spreizte er die Arme.

»Mein Gott, du willst mir doch nicht erzählen, daß du den Rothko auch nach Japan expedieren wolltest.«

»Nein«, sagte sie sorglos, während sie sich umdrehte und ging, »aber du bringst mich da auf eine Idee.«

»Fein«, wollte er antworten, überlegte es sich aber anders und ließ ihr das letzte Wort.

Es standen keine Taxis vor dem Hilton in der Apollolaan, und so ging er wieder hinein, um an der Rezeption einen Wagen zu bestellen. Durch die Glaswand des Eingangsbereichs sah Verhooff, wie Emma jenseits des Hotelparkplatzes das Schloß zwischen den Speichen ihres Fahrrads herausfummelte. Ohne sich umzusehen, fuhr sie weg, mit aufrechtem Rücken. Das kräftige und sorglose Wehen des langen schwarzen Haars – nichts blieb ihm erspart. Verhooff bemerkte zu spät, daß die Frau an der Rezeption in aller Ruhe beobachtete, wie ein unscheinbarer Mann von Mitte Vierzig der auffallenden Frau von Ende Zwanzig hinterhersah.

Die Taxifahrt vom Hilton zu seinem Apartment in Zuidas dauerte weniger als zehn Minuten. Vom Rücksitz aus überreichte Verhooff dem Fahrer das Dreifache des Fahrpreises.

»Ist gut so«, sagte er rasch und bat um eine Quittung.

Am Abend klingelte sein Festnetztelefon. Das geschah nicht oft, er wurde fast immer auf seinem Handy angerufen.

»Jelmer? Paßt es dir gerade?«

Da Albertien Wijffels, die Kulturdezernentin, ihn mit seinem Vornamen ansprach, wußte Verhooff sofort, welche Nachricht sie ihm überbringen wollte.

»Deine Sekretärin meinte, du seist vermutlich zu Hause zu erreichen.« Sie machte eine kurze Pause, denn während der Bürozeiten war dies, auch für den Direktor eines Museums für moderne Kunst, nicht ganz comme il faut. »Morgen erhältst du eine Einladung zu einem Gespräch im Rathaus. Aber ich will dir vorher schon sagen, daß wir deinen Vertrag nicht verlängern werden und im Laufe des Monats das Bewerbungsverfahren für den neuen Direktor des Hollands

Museums eröffnen. In den Pressemitteilungen werden wir betonen, daß du auf unübertroffene Weise das Museum durch eine unglaublich schwierige Zeit des Umbaus und der Reorganisation geführt hast und daß die Stadt Amsterdam dir für deine Arbeit sehr dankbar ist. Der Wechsel an der Spitze hat nichts, und ich wiederhole, überhaupt nichts mit deiner Amtsführung zu tun. Aber du, so denke ich, verstehst selbst auch, daß ein renoviertes und erweitertes Hollands Museum, das international wieder eine Rolle spielen will, einen Direktor braucht, der diese internationalen Ambitionen gleichsam verkörpert. Deshalb sagen wir in der Stellenausschreibung auch nachdrücklich, daß für die Position vor allem Kandidaten aus dem Ausland in Betracht kommen, die internationale Erfahrung mitbringen. Außerdem, und auch dies ist ein wichtiger Faktor, bevorzugen wir, bei gleicher Qualifikation, eine Frau. In der niederländischen Museumswelt werden zu wenige Spitzenposten von Frauen bekleidet. Darin wirst du mir zustimmen.«

»Tja, da habe ich eben das Pech, so gerade nicht in beide Kategorien zu gehören«, sagte er. »Aber wenn du es verlangst, bin ich bereit, nach Antwerpen zu ziehen.«

Als Albertien Wijffels nicht sogleich darauf reagierte, sagte Verhooff trocken: »Albertien, das war ein Scherz.«

»Das weiß ich«, erwiderte sie und fuhr in einem Atemzug fort: »Der neue Direktor tritt sein Amt idealerweise in vier Monaten an. Von dem Moment an, wenn die Stellenausschreibung erfolgt, bist du, formal gesehen, Interimsdirektor. In der Praxis bedeutet dies für die letzten vier Monate keine Änderung deiner Befugnisse. Das einzige, was sich allerdings ändert, ist, und ich sage dies, weil manche deiner Vorgänger das wohl nicht immer ganz richtig verstanden haben, wie ich den Akten entnommen habe – das einzige ist, daß du ab diesem Moment keine großen Ankäufe für das Museum mehr tätigen darfst. Und unter ›groß‹ versteht die Stadt Ankäufe für mehr als ...« – Verhooff hörte das Rascheln von Papier – »... zweihunderttausend.«

»So ein Zufall«, sagte Verhooff. »Gerade heute habe ich den wichtigsten und größten Ankauf meiner ganzen Amtszeit für das Museum gemacht.«

»Oh, ja?« Die Dezernentin war offensichtlich so mit den Einzelheiten ihrer Unheilsbotschaft beschäftigt, daß sie vergaß zu fragen, was er denn gekauft hatte.

Epilog

Sollen wir einfach sagen, daß es eine besonders lehrreiche *Erfahrung war, bei der festlichen Wiedereröffnung des Hollands Museums dabeizusein? Die Wiedereröffnung verlief exakt so, wie ich sie mir vorgestellt hatte. Es gab eine beeindruckende Gästeliste, endlich war Amsterdam wieder das Epizentrum der internationalen Kunstwelt. Die Publicity im In- und Ausland war überwältigend. Eine große Zahl namhafter Künstler nahm an den Dîners, Symposien und Diskussionsabenden teil. Man hatte sogar – um größtmögliche Breitenwirkung zu erzielen – ein Rudel TV-Sternchen zusammengetrommelt, das sich aus diesem Anlaß brennend für moderne Kunst interessierte. Ehrengäste waren vier Mitglieder des Königshauses, inklusive Kronprinzessin und Königin. Monatelange Lobbyarbeit mußte dem Ganzen vorausgegangen sein.*

Nur ich spielte eine andere Rolle, als mir seinerzeit vorgeschwebt hatte. Ich will es anders ausdrücken: Ich spielte überhaupt keine Rolle. Das war, nun ja, ich sagte es bereits: lehrreich.

Pro forma verwies Claire Barrès, die Französin, die schließlich von der Berufungskommission zu meiner Nachfolgerin bestimmt wurde, in einer Rede noch auf meine Tätigkeit, die den Auftakt zum Umbau und der Wiedereröffnung darstellte. Doch diese Tatsache gehörte zu der Welt von Vorgestern. Im renovierten Hollands Museum triumphierte das Hier und Jetzt, und man lag wie ein untertäniger Hund auf dem Fußabtreter des Heute und hechelte, wartend auf das Herrchen,

Großfürst Zukunft. Ich formuliere es blumig, denn wenn ich es nicht tue, klingt alles, was ich sage, rachsüchtig, verbittert, böse.

Gut. Ich will mich an die Tatsachen halten. Ich war einer der drei ehemaligen Direktoren des Hollands Museums, die anwesend waren. Die beiden anderen sind schon über fünfundsiebzig, und dann ist man, denke ich, daran gewöhnt, daß beinahe jeder, mit dem man ins Gespräch kommt, einem nach einer halben Minute über die Schulter sieht und nach besserer Gesellschaft, interessanteren Gesprächspartnern, aufregenderen Persönlichkeiten und Gestalten Ausschau hält. Ich selbst lernte dieses Phänomen bei der Wiedereröffnung zum ersten Mal kennen, diese Choreographie des Ausweichens, der höflichen Distanz und der Rückzugsbewegungen. Die ausgekochten, rückwärtsgerichteten Hüpfschritte der socialites. Den geschickten Wechsel, den jemand vollzieht, indem er, noch redend, rasch einen anderen anspricht ...

Sogar die meisten Künstler, mit denen ich in meiner Zeit als Galerist zusammengearbeitet hatte, bedienten sich dieser Choreographie. Anfangs bereitete es mir Vergnügen, so zu tun, als bemerkte ich nichts. Dann ließ ich den anderen, der mit raschen Augenbewegungen über meine Schulter sah, nicht so einfach weg und begann ein angeblich dringendes und »persönliches« Gespräch. Sogleich zeigten sich Züge des Ungemachs und der unterdrückten Verärgerung in den Mundwinkeln des anderen. Das machte mir Spaß – für eine Weile.

Irgendwann während der Feierlichkeit gab ich diese bescheidene Form der sozialen Sabotage auf und wandte mich verdrossen den Gesandten der Clique zu, der ich jetzt angehöre: Aufsichtsratsmitglieder, Ex-Politiker, ergrauende Konferenztiger und flatterhafte Kunsttanten aus der Wirtschaft.

Nach meinem Weggang vom Hollands wurde ich mit Anfragen und Angeboten überhäuft. Allerdings waren es nur Posten und Pöstchen weit jenseits des Bereichs, wo die Musik spielt. Ich wurde Mitglied im Vorstand der Van-Gogh-Stiftung. Ließ mich zum Vorsitzenden von Kunsten Centraal Nederland wählen. Für kurze Zeit fungierte ich als Gastkurator im Museum Folkwang in Essen. Witzig: Ich verdiene dreimal soviel wie zu meiner Zeit im Hollands Museum, doch für die Leute, mit denen ich früher täglich zu tun hatte, bin ich eine quantité négligeable.

Dann stand ich plötzlich neben jemandem, den ich zunächst nicht zuordnen konnte. Er deutete flüchtig auf den Marmorfußboden und sagte: »*Die Leute sehen es nicht. Keiner verschwendet einen Gedanken daran.*«

Es war der Baustellenleiter, der die Erweiterung des Hollands gemanagt hatte. Er deutete auf den Fußboden, im Gesicht das Vergnügen, das dort auch bereits zu sehen war, als ich regelmäßig mit ihm meine Runde über die Baustelle machte.

»*Fünfundsechzigtausend Marmorblöckchen. Jedes einzelne von Hand eingefügt.*«

»*Genau*«, *antwortete ich. Über die Köpfe der Gäste hinweg deutete ich auf die am weitesten entfernte Mauer des neuen Hauptsaals und fragte:* »*Wieviel Plattenmaterial war es gleich wieder?*«

Der Mann grinste. »*Achtunddreißigtausend Quadratmeter Abdeck- und Verkleidungsplatten.*«

»Neun Kilometer Leitungen für die Klimaanlage«, erwiderte ich.

»Stimmt. Fünfzigtausend Kubikmeter Erde abtransportiert. Achtundvierzigtausend Kubikmeter Beton gegossen.«

Ich: »Acht Stahlträger von jeweils vierundvierzig Tonnen.«

Er: »Insgesamt neunundvierzig Kilometer C-Blechprofile.«

Ich: »Der Lastenaufzug?«

»Fünfzehn Meter tief ausgebaggert«, antwortete der Baustellenleiter sofort, und er fügte hinzu: »Das wurde nicht erwähnt, als die Königin heute nachmittag in kleinem Kreis herumgeführt wurde. Ich durfte nichts sagen. Deine Nachfolgerin Claire führte das Wort. Viel Gerede und Herumgeschwänzel bei den Lieblingen Ihrer Majestät. Chagall, Matisse, Rothko ... Ja, da gerieten die Damen ins Schwärmen.«

Es fiel ihm nicht auf, daß ich leicht erschrocken den Kopf hob. Falls es ihm auffiel, dachte er vielleicht, ich gäbe ein kleines Zeichen von Neid preis, weil ich zu der Führung nicht eingeladen war – was tatsächlich auch zutraf. Untitled *hing im Hauptsaal des alten Gebäudes, das hatte ich natürlich kontrolliert. Im Vorbeigehen hatte ich außerdem noch Olde Husink zugenickt. Er erwiderte meinen Gruß mit einem hastigen Nicken. Ich bezahle ihn für die Restaurierung jetzt aus eigener Tasche und unter der Hand. Dies ist mein letzter wirklicher Kontakt zu jemandem vom Museum – ein heimlicher Kontakt, aber dennoch.*

Der Baustellenleiter hatte noch viele Zahlen im Re-

pertoire, doch jetzt war ich es, der sich dem Gespräch entzog – nicht weil ich woanders eine bedeutendere Person entdeckt hatte, sondern weil ich aus der Menge verschwinden wollte, Richtung Ausgang, mit den soeben ausgetauschten Zahlen in der Hosentasche. Diese Zahlen bildeten einen neuen, abstrakten Besitz, eine stille Ehrbezeugung an Geschäftigkeit, die unter den Tisch gefallen war.

Ich bahnte mir einen Weg durch die vielen Hundert Gäste. Das Stimmengewirr der Gespräche hing wie eine große Gaswolke unter der Decke des neuen, sieben Meter hohen Saals. Die Königin und Untitled *– ich betrachtete es der Einfachheit halber als einen Lackmustest. Emma Duiker war bestimmt auch da, ebenso wie die anderen neunzehn jungen Künstler von* Duel. *Möglicherweise lief ich auch ihr noch über den Weg. Lieber nicht. Ob sie bei der Führung in kleinem Kreis dabeigewesen war? Hatte Emma die Königin und die Direktorin beobachtet bei ihrer gemeinsamen honigsüßen Bewunderung für ... einen essentiellen Teil ihres geheimen Projekts? In den Kaufvertrag hatte ich eine Klausel mit einer, wie ich es nannte, »Moratoriumszeit von zehn Jahren« eingefügt. Im nachhinein betrachtet, war das vielleicht ein wenig zu lange. Ich sehnte mich plötzlich nach einer baldigen Öffentlichmachung von Emmas Projekt. Dies würde eine unverhoffte Rückkehr ins Hollands Museum bedeuten, diesmal aber als Akteur, Glied, Figur in dem Tableau, das Emma rund um die* great travel experience *des Meisterwerks von dreißig Millionen Euro geschaffen hatte. Aber ich würde auch als gebrandmarkte Person wiederkommen, als eine anonyme Gestalt, die* *doch noch in einen Skandal abrutschen und mit dem Vorwurf des Mißmanagements, schlechter Museumsleitung und vielleicht sogar einem Gerichtsverfahren konfrontiert werden würde ... Interessierte mich das alles überhaupt noch?*

Im Eingangsbereich suchte ich in den Innentaschen nach der Garderobenmarke. Auch das noch. Ich sah die Szene an der Garderobentheke schon vor mir – »Wer sagten sie? Verhooff? Mit einem Namen kann ich nichts anfangen, ich bräuchte schon Ihre Nummer« –, als ich eine Hand an meinem Oberarm spürte ...

Nein, das ist der Epilog

... und gerade als es Verhooff zu gelingen schien, vorzeitig und ungesehen die festliche Eröffnung zu verlassen, sprach ihn jemand an, den er erst nach wenigen Sekunden erkannte.

»*Hi Jelmer! The guy who once had the greatest loft in Amsterdam! What are you up to these days?*« Es war der junge Kurator des MoMA, der mit dem goldblonden Haar und dem Mittelscheitel. Verhooff nickte freundlich, in der Hoffnung, daß dem anderen rasch eine rasend interessante Person ins Visier kam.

Doch so leicht wurde er den goldblonden Burschen vom MoMA nicht los. Der Amerikaner hatte ihn begeistert an der Schulter gefaßt. Auf die Frage, was Verhooff zur Zeit machte, erwartete er offenbar keine Antwort. Er fuhr im selben Atemzug fort: »*Great show!* Welch ein Privileg, all diese Spitzenwerke aus der Schatzkammer des Hollands Museums einmal beisammen zu sehen.« Das hörte sich an, als wiederholte der MoMA-Kurator die Worte eines anderen.

»Aber weißt du«, fuhr er fort, »für mich ist die wahrhafte Offenbarung dieser Show oben zu sehen. Wußtest du, daß wir vom MoMA bereits seit vier Jahren die größte Retrospektive von Mark Rothko vorbereiten, die jemals zu sehen war? Das ist jetzt gerade noch möglich. Weltweit gibt es immer mehr Museen und Sammler, die ihre Werke von Rothko nicht mehr reisen lassen. In zehn, fünfzehn Jahren wird es unmöglich sein, eine Ausstellung mit mehr als zwanzig Rothkos zu organisieren. Und ich habe schon früher am Abend zu Claire gesagt, die ich übrigens aus ihrer Zeit im Pompidou sehr gut kenne, ich sagte also zu ihr: ›Claire‹, sagte ich, ›weißt du überhaupt, was ich hier sehe? Ich sehe hier das wunderbarste und, wie soll ich es ausdrücken, transzendenteste Werk von Rothko, das mir jemals vor Augen gekommen ist.‹ Ich meine, ich wußte natürlich, daß das Hollands *Untitled No. 18* in seiner Sammlung hat, und meine Kollegen kennen das Gemälde von Abbildungen, doch jetzt, nachdem ich es mit eigenen Augen gesehen habe ... Kennst du das Zitat von Rothko, der sagt, Menschen brächen beim Anblick seiner Werke manchmal in Tränen aus? Jelmer, ich will nicht sagen, ich hätte eine Runde geheult, aber dennoch ... Und das Merkwürdige ist, daß immer behauptet wird, Rothko sei Ende der fünfziger Jahre auf der Höhe seiner Kunst gewesen und in den Sechzigern sei er doch in die Fänge des *gloom and doom* geraten, wie man an den *Seagram Murals* erkennen könne. Es wird gesagt, die Farbflächen seien dunkel geworden und oft auch weniger intensiv, die Flächen umfingen einen sozusagen und höben einen nicht mehr empor. Aber dieser *Untitled* ist ein ... ist ein ... ist ein Wunder! Erklär mich ruhig für verrückt, Jelmer, wenn ich sage, ich sehe in diesem Werk die Seele der Welt, und, verdammt!, diese Seele vibriert und bebt inmitten der Farbbahnen, und das, obwohl Bild und Auge durch eine Glasscheibe getrennt sind. Glas, ausgerechnet vor einem Werk, das ganz offensichtlich in einem perfekten Zustand ist! *Why, for God's sake?* Ich habe noch nie einen besser erhaltenen Rothko gesehen als euren *Untitled*. Wirklich, ich sehe es schon vor mir: Dieses Gemälde kommt auf den Katalogumschlag unseres Rothko-Blockbusters im MoMA. Es ist ein kleines Werk, aber ein pièce de résistance. Ich sagte schon zu Claire im Vorbeigehen, ich sagte: ›Claire‹, sagte ich, ›leih uns diesen Rothko, und ich werde mich persönlich dafür einsetzen, daß das Hollands im Tausch ein paar unserer allergrößten Werke als Leihgabe erhält. Vielleicht einen Matisse oder einen Satz Warhols.‹ Gerade wenn man diesen *Untitled* sieht, fragt man sich doch: Wie hat er das nur gemacht, dieser Magier? Wie hat er es geschafft, uns einen kurzen Blick auf die ... ja, auf die Erlösung, vielleicht sogar auf das Aufgehen im Nichts zu verschaffen, Jelmer? Weißt du, wir sind natürlich alle Stümper und Pfuscher, doch wenn wir diesem Rothko in unserer Ausstellung in New York einen Ehrenplatz geben, dann bringen wir so vielleicht für all die anderen Stümper und Pfuscher einen Abglanz des Nirwana in Reichweite. Findest du, ich übertreibe? Dann ist das eben so. Denk, was du willst, aber *Untitled No. 18* muß ins MoMA. Und ich sehe es schon vor mir. Unser Restauratorenteam wird untersuchen, warum gerade dieser Rothko so gut erhalten geblieben ist, und darüber berichten wir dann in einem schönen Essay in unserem Katalog. Vielleicht können wir dem Ganzen einen edukativen Charakter geben, indem wir die Röntgenfotos vergrößern und gegenüber von *Untitled No. 18* in einer Vitrine ausstellen. Das Publikum schätzt solche informativen Details sehr. Solche Dinge machen eine Retrospektive erst wirklich komplett. Kennst du das Zitat des rumänischen Philosophen über Bach? Ach, wie war noch sein Name? O ja, Cioran, genau! Nun, was ich sagen wollte, ist, daß Cioran einmal folgende Behauptung aufgestellt hat: ›Gott hat Johann Sebastian Bach viel zu verdanken.‹ Phantastisch, oder? Es ist mehr als nur eine bloße Umkehrung, finde ich. Dieser Satz berührt den Kern alles Schönen, Wahren und Guten. Über Rothko können wir dasselbe sagen: ›Gott hat Mark Rothko viel zu verdanken.‹ Zu einem anderen Schluß kann man nicht kommen, wenn sich einem *Untitled No. 18* offenbart ... Und wenn schon Gott Rothko viel zu verdanken hat, wieviel haben *wir* dann diesem wunderbaren Mann zu verdanken? Der Gedanke, das Bewußtsein, daß die Betrachtung eines Rothkos uns einen kurzen Blick auf eine Schönheit schenkt, die sogar Gott sprachlos macht, das müssen wir in unserer Ausstellung im MoMA zeigen, mit *Untitled No. 18* als pochendes Herz unserer Schau, *don't you think so, Jelmer?*«

...

»Jelmer?«

In memoriam Joost Zwagerman

Zeitgenössische Romane brauchen kein Nachwort, es sei denn, es liegen besondere Umstände vor. Kurz nachdem mit Joost Zwagerman und seinem niederländischen Verlag die Übersetzung seiner 2010 erschienenen Novelle *Duel* ins Deutsche vereinbart worden war, erreichte uns am 8. September 2015 die Nachricht, daß Joost seinem Leben ein Ende gesetzt hatte. Daß eine schwierige Zeit hinter ihm lag und er an einer schweren Depression erkrankt war, hatte er 2012 selbst öffentlich gemacht und dabei versichert, er sei nun auf dem Wege der Besserung. Mit Joost Zwagerman verlor die niederländische Literatur einen der produktivsten und den vielleicht vielseitigsten Autor seiner Generation.

Mitte der achtziger Jahre machte in der niederländischen Literatur eine Gruppe von jungen Dichtern von sich reden, die das, was so an Poesie veröffentlicht wurde, zu unambitioniert fand. Ein Manifest erschien, und die Gruppe nannte sich die »Maximalen«. Wie so oft verpuffte der erste Elan recht bald, doch der Name von Joost Zwagerman tauchte immer häufiger auf. Spätestens nach der Veröffentlichung seines ersten Romans *De houdgreep* (1986), den die Kritik als »das vielversprechendste Debüt seit Jahren« feierte, galt Zwagerman als großes Talent. Bereits in dieser Geschichte über zwei junge Liebende zeigt der Autor, daß er es versteht, glaubwürdige Figuren in einer realistisch dargestellten Lebenswelt agieren zu lassen und dabei erzählend über die Bedingungen des Daseins in einer modernen Gesellschaft zu reflektieren. Danach veröffentlichte Zwagerman einen Band mit Erzählungen (*Kroondomein,* 1987) und zwei Bände mit Gedichten (*Langs de doofpot,* 1987 und *De ziekte van jij,* 1988), die ebenfalls sehr gut besprochen wurden.

Joost (eigentlich: Johannes Jacobus Willebrordus) Zwagerman wurde am 18. November 1963 in Alkmaar in eine Lehrerfamilie hineingeboren. Nach Beendigung seiner Schullaufbahn strebte er ebenfalls den Beruf des Lehrers an, studierte aber nebenher auch noch niederländische Sprache und Literatur. Dieses Studium brach er jedoch ab, um sich ganz der Schriftstellerei zu widmen. Er heiratete eine Jugendfreundin und bekam mit ihr drei Kinder. Der Durchbruch zum großen Leserpublikum gelang ihm 1989 mit *Gimmick!,* einem Roman über eine Gruppe von Künstlern in Amsterdam, der Stadt, in der er seit 1984 lebte. In der Folgezeit entwickelte Zwagerman eine rege künstlerische und publizistische Aktivität. In rascher Folge erschienen die Romane *Vals licht* (1991; dt. *Falsches Licht,* 1995), *De buitenvrouw* (1994; dt. *Die Nebenfrau,* 2000), *Chaos en rumoer* (1997; dt. *Kunstlicht,* 2002), *Zes sterren* (2002; dt. *Onkel Siem und die Frauen,* 2005) sowie der Erzählungsband *Het jongensmeisje* (1998) und die Novellen *Tomaatsj* (1996) und *Duel* (2010). *Vals licht* – der Roman erreichte wie *Gimmick!* eine Auflage von 200.000 Exemplaren – wurde für den bedeutenden AKO Literaturpreis nominiert und 1993 verfilmt. Noch erfolgreicher war *De buitenvrouw* mit 300.000 Exemplaren. Joost Zwagerman war Ende des vorigen Jahrhunderts so bekannt und populär in den Niederlanden, daß ein großer Lebensversicherer ihn als Werbeträger engagierte! Ein Schriftsteller, der Werbung macht, das wurde von manchen durchaus als Tabubruch empfunden.

In den Jahren 2003 und 2004 übernahm er die Moderation der traditionsreichen Talkshow *Zomergasten,* die in den Niederlanden alljährlich im Sommer fünf-, sechsmal ausgestrahlt wird und in der jeweils ein Gast interviewt wird. Im Mittelpunkt seiner letzten Sendung am 29. August 2004 stand Ayaan Hirsi Ali, die in der Sendung ihren zusammen mit dem Regisseur Theo van Gogh produzierten Kurzfilm *Submission* erstmals öffentlich zeigte. Mit dem Film protestierte Hirsi Ali gegen die, ihrer Ansicht nach, in islamischen Familien häufiger vorkommende und vom Koran legitimierte Gewalt gegen Frauen. Der Film sorgte für große Aufregung, vor allem im muslimischen Teil der Bevölkerung. Ayaan Hirsi Ali, die damals Abgeordnete im niederländischen Parlament war, erhielt Morddrohungen und mußte untertauchen. Theo van Gogh wurde gut zwei Monate später von einem radikalen Moslem in Amsterdam ermordet. Nachdem der Täter acht Kugeln auf van Gogh abgefeuert hatte, heftete er mit einem Messer einen an Hirsi Ali gerichteten Drohbrief an die Leiche.

Bereits in den neunziger Jahren waren drei Bände mit Essays erschienen. Das betrachtende Schreiben nahm einen immer größeren Raum in Zwagermans Werk ein. Auf den im Jahr 2000 erschienen Band *Pornotheek Arcadië* folgten fünfzehn weitere Bücher, in denen Zwagerman sich mit – insbesondere angelsächsischer – Literatur, Popmusik, Photographie, Film und und vor allem der Kunst auseinandersetzt. Aber auch in aktuelle politische Diskussionen mischte Joost Zwagerman sich ein. So erschien 2007 eine Schrift, in der er die Krise der niederländischen Sozialdemokratie analysiert und ihr empfiehlt, sich wieder auf die politischen Ziele zu konzentrieren, die sie groß gemacht haben: soziale Gerechtigkeit und Teilhabe.

Die Beschäftigung mit Kunst findet ihren Niederschlag auch in der vorliegenden Novelle, in der Zwagerman überaus subtil Realität und Fiktion vermischt. Dabei nimmt er die Ende 2003 aus bautechnischen Gründen von der Feuerwehr verfügte Schließung des Stedelijk Museums in Amsterdam zum Ausgangspunkt für eine beinahe schon groteske, sich um ein fiktives Gemälde von Mark Rothko drehende Vertauschungsgeschichte. Mit feiner Ironie schildert er die Kunst- und Museumswelt und beleuchtet erzählend grundlegende Probleme der modernen Kunst. Zentral steht dabei gewiß die Frage nach dem Stellenwert eines Originals, doch auch die Frage nach dem Verhältnis von Marktwert und ästhetischem Wert von Kunst sowie der Anspruch und die Erwartung, daß Kunst immer wieder Grenzen verschieben muß, werden angesprochen, ohne daß das Buch jemals theorielastig ist. Ein wenig im Schatten dieses vor Geistesfunken nur so sprühenden Textes steht die melancholisch angehauchte, nicht realisierte Liebesgeschichte zwischen Jelmer Verhooff und Emma Duiker, die wie die zwei Königskinder des Kunstbetriebs nicht zueinanderkommen können.

Und ein weiteres Thema tauchte in den Texten, die

Zwagerman nach der Jahrtausendwende veröffentlichte, immer wieder auf: der Suizid. Äußere Anlässe dafür waren die chronischen Depressionen und die daraus folgenden Selbsttötungsversuche eines engen Freundes sowie der gescheiterte Suizid des eigenen Vaters. In seinem 2002 erschienenen Roman *Zes sterren* führt Justus Merkelbach die Zeitschrift seines Onkels und Mentors Siem fort, der durch eigene Hand aus dem Leben geschieden ist. Wie die anderen Hinterbliebenen ist Justus zwischen Trauer und Wut, Scham und Verständnislosigkeit hin und her gerissen. In Zwagermans Essayband *Het vijfde seizoen* (2003) beschäftigte sich eine Reihe von Texten damit, wie Depressionen entstehen, wie sie sich auswirken, ob es eine ererbte Veranlagung zum Suizid gibt und ob Künstler besonders gefährdet sind. Im Jahr 2005 widmete er dem Thema mit *Door eigen hand. Zelfmoord en de nabestaanden* (Durch eigene Hand. Selbstmord und die Hinterbliebenen) ein ganzes Buch, in dem immer wieder betont wird, welch schwere Belastung es für Angehörige und Freunde darstellt, wenn sich jemand das Leben nimmt oder es zumindest versucht. Joost Zwagerman fühlte sich erblich vorbelastet, und in seinem Buch heißt es: »Mein Freund und mein Vater begaben sich auf ein Terrain, um das ich einen hohen Zaun ziehe. Aber ich würde lügen, wenn ich sage, dieses Terrain ist mir vollkommen unbekannt.«

Dann kam das Jahr 2011, das Zwagerman in einem Interview mit der Journalistin Sara Berkeljon als das »Katastrophenjahr« bezeichnet hat. Zwagermans Ehe scheiterte, und er, der sich immer als ausgesprochener

Familienmensch gefühlt hatte, empfand dies als größte Niederlage seines Lebens. Er zog in den kleinen, nördlich von Alkmaar gelegenen Ort Tuitjenhorn, wo er ein Ferienhaus bewohnte. Der Dorfarzt, den er wegen einer Bagatelle konsultierte, diagnostizierte eine schwere klinische Depression und verordnete ihm eine Therapie. 2012 glaubte er die Krankheit überwunden zu haben. Er zog nach Haarlem in ein »Normale-Leute-Haus«, er lebte wieder in einer festen Beziehung, schrieb für eine große Zeitung über Kunst und war regelmäßig gerngesehener Gast einer populären Talkshow, wo er ebenfalls meist über Kunst sprach. Im Sommer 2015 wurde bekannt, daß Zwagerman, der seit 1986 einunddreißig Bücher im Verlag De Arbeiderspers veröffentlicht hatte, den Verlag wechseln wollte. In einem Telefongespräch, das ich mit ihm wegen der Übersetzung von *Duel* führte, kündigte er an, in den beiden kommenden Jahren zwei neue Romane schreiben zu wollen. Am 8. September 2015 erschien sein neuer Essayband *De Stilte van het Licht*. Zwagerman war eingeladen, in einer Radiosendung über sein Buch zu sprechen. Er kam nicht. Bald darauf wurde bekannt, daß er sich in seiner Wohnung in Haarlem das Leben genommen hatte. In einem Werbetext zu seinem letzten Essayband heißt es: »Vielleicht verkörpert Stille in der Kunst die Sehnsucht, nicht mehr zu sein. Diese Sehnsucht ist in ›Die Stille des Lichts‹ Zwagermans Antrieb.« Am Ende war diese Sehnsucht vielleicht auch stärker als alles, was Kunst und Leben bieten können.

Gregor Seferens, Mai 2016

Die Originalausgabe, »Duel«, erschien 2010
bei De Arbeiderspers, Amsterdam.
© 2010 Joost Zwagerman.

Wir danken der niederländischen Stiftung für Literatur
für die Förderung der Übersetzung.

Nederlands
letterenfonds
dutch foundation
for literature

FRANKFURTER BUCHMESSE EHRENGAST 2016
FLANDERN & DIE NIEDERLANDE

© 2016 Weidle Verlag
Beethovenplatz 4, 53115 Bonn
www.weidle-verlag.de

Zweite Auflage 2016
Lektorat: Kim Keller
Korrektur: Nele Kather, Hendrik Vatheuer
Gestaltung und Satz: Friedrich Forssman
Schriften: New Century Schoolbook und Bureau
Druck: Ph. Reinheimer GmbH, Darmstadt
Bindung: Schaumann, Darmstadt
Papier: Geese Alster 100 g/m² gelblichweiß,
Alster Cover 320 g/m² gelblichweiß

Die Deutsche Bibliothek – CIP-Einheitsaufnahme
Ein Titeldatensatz für diese Publikation
ist bei Der Deutschen Nationalbibliothek erhältlich.

Dieses Buch wurde klimaneutral gedruckt.
natureOffice.com | DE-077-134232

978-3-938803-81-3